校园·成长诗歌集

老师，您好！

叶仲录 著

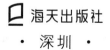

海天出版社

· 深圳 ·

图书在版编目（CIP）数据

老师，您好！ / 叶仲录著 . —深圳 : 海天出版社，
2019.4

ISBN 978-7-5507-2584-3

Ⅰ . ①老… Ⅱ . ①叶… Ⅲ . ①诗集－中国－当代
Ⅳ . ① I227

中国版本图书馆 CIP 数据核字 (2019) 第 007524 号

老师，您好！
LAOSHI NINHAO

出 品 人　聂雄前
策划编辑　韩海彬
责任编辑　韩海彬　　何旭升
责任技编　梁立新
装帧设计　

出版发行　海天出版社
地　　址　深圳市彩田南路海天综合大厦（518033）
网　　址　www.htph.com.cn
订购电话　0755-83460397（批发）　0755-83460329（邮购）
排版制作　深圳市斯迈德设计企划有限公司（0755-83144228）
印　　刷　深圳市希望印务有限公司
开　　本　787mm×1092mm　1/16
印　　张　14.5
字　　数　140 千
版　　次　2019 年 4 月第 1 版
印　　次　2019 年 4 月第 1 次
定　　价　32.00 元

目录

上 编

下 编

上 编

老师，您好！

——教师节朗诵词

我们是无比美丽的花朵

您是园丁般无悔的辛劳

我们是建设山河的英豪

您是江河湖海般哺育我们的骄傲

我们是社会的参天大树

您是肥美土地的广袤

我们是灿烂的群星

您是蓝天般深厚的怀抱

我们在今天

在您的节日里来看您

我们深情地向您道一声

老师，您好

您是燃烧的蜡烛也是光辉的太阳

将我们人生的梦想照耀

您是甜蜜的雨露也是知识的瑰宝

铺平了我们前进的智慧大道

您是亲爱的导师也是人生的榜样

给予我们人格的塑造

您是精神食粮也是我们事业的血液

支撑我们去努力前进和创造

我们在今天

在您的节日里来看您

我们感激地向您问候一声

老师，您好

我们在天涯快乐地拼搏

您在耕耘着我们的母校

我们迎接着无限光辉的风景

您在坚守着您追求的崇高

我们憧憬着无比美好的未来

您无怨无悔为我们默默地变老

一万朵玫瑰都表达不出您的纯洁和美好

我们只有在心里时时刻刻将您紧紧地拥抱

我们在今天

在您的节日里来看您

我们衷心齐声地祝福您

老师，您好

行走在中学的天涯

摆动的臂膀铿锵的步伐

我们行走在中学的天涯

现在的我们年少如花

就让花儿尽情地开放吧

信心筑就我们的决心

精力充满我们的想法

丢开烦恼走向挑战

写满每一页日历光华

用我们的知识装点荣光

装点岁月每一个枝丫

谁能够代替我们呢

趁年轻就尽情地努力吧

圆圆的梦想宽宽的操场

我们行走在中学的天涯

现在的我们年少如花

就让花儿尽情地开放吧

让满分的成果写满成绩册

明朗的脸庞在晴朗的阳光下

让岁月值得怀念又留念

把纯真无邪的笑脸都给生活吧

天真地快乐满足地幸福

炙热地感怀美妙地感动

谁都不能够代替我们

路途遥远我们一起努力吧

美　丽

高山是雄伟险峻的美丽
大海是波澜壮阔的美丽
江河是不懈奔腾的美丽
桥梁是弯曲脊背的美丽

青松是挺拔苍劲的美丽
翠竹是高风亮节的美丽
百花是烂漫开放的美丽
草儿是野火春风的美丽

蓝天是胸怀宽广的美丽
白云是自由自在的美丽
彩虹是雨后阳光的美丽
暴风是横扫残败的美丽

太阳是光辉灿烂的美丽
月亮是冰莹玉洁的美丽
星星是繁华璀璨的美丽
蜡烛是照亮心灵的美丽

我亲爱的同学

你在自责什么

请你不要

总是去追逐别人的光环

独自躲在自己的屋里叹息

你也一定有惊人的美丽

赶快把它高高地捧起

分享给大家

也展现给自己

立稳就是掌声

葵花站立在最高处歌唱
苹果紧抱在树枝上摇晃
大树用臂膀紧搂着泥土
葡萄倒挂在柔曲的藤上

雄鹰翱翔在蓝蓝的天空
巨鲸称雄于深深的海洋
蚯蚓弯曲而匍匐地劳动
蝙蝠在傍晚才能有食粮

也许您已英勇驰骋职场
或是您为他人作嫁衣裳
只要这是您生活的平台
站稳了就赢得掌声响亮

咱们报名参军去

边关的山边疆的水

家乡的田园实在美

咱们报名参军去

万里长城我保卫

建功立业报父母

男儿精彩活一回

大洋的浪五洲的雷

蓝蓝的海疆实在美

咱们报名参军去

中华全球显国威

要做英雄多壮志

轰轰烈烈拼一回

男生的心机

我早已知道我很喜欢你
你现在不知道也没关系
不在乎你有没有留意
所以我也不想告诉你
我只在远处欣赏着你
有时担心是不是多余
我只锻炼对爱的勇气
有些时候背诵爱的台词
却不知道语法合不合理
当我去记录你的脚步
身影会不会泄露消息

我现在只是很喜欢你
你目前不知道也没关系
我只想每天远远地看你
看着你每天过得很好
看着你会和我一同长高
一天一天慢慢长成大人
既使我们双手同升一面国旗
跳动的心也不会从嘴里飞出

我不会在日记写你的名字
你的名字只会铭记我心底
我不会给你带去任何压力
我在同一个舞台展现自己
让我的风华唤起你的注意
让你的青春欣赏我的活力
用我的光彩层层把你包围
当我需要你表达的那个时刻
你会深情对我说出我很爱你

我早已知道我很喜欢你
不在乎你有没有对我留意
不在乎我现在是否告诉你
我早已是你的十面埋伏
你会深情对我说出我很爱你

你看清了没有

关于我

学生时代

一个

有趣的

故事

难以忘怀

大学毕业证

就快发了

校方传出

一个可靠消息

要在我们班里

选一位

留校做

讲师助理

权力交给

教化学的

班主任

胡教授

竞争

很激烈

有人

送去了珍贵的礼品

有人

送去了厚厚的红包

有人

递上了崭新的论文

有人

交出了最新的科研成果

有人

请来了高贵的父母兄弟

而胡老师说

不急

我还要给大家

出一道

离校前的

最后考题

终于

上课铃响了

胡老师

严肃地

走上讲台

讲台上

和我们的

试验桌上

同样

准备着五个

透明的

装有

不同色彩

液体的

烧杯

胡老师说

这是一个

感觉和色彩间的

试验题

你们

必须

模仿我的动作

十秒钟内

用手指

沾取

这五种颜色

在脸上进行

人体温度与颜料间的

感觉对比

然后

上台

发表

各自的

体验结论

胡老师

伸出

一根手指

慢慢地沾了

那第一瓶

透明液体

然后

迅捷地

抹在脸蛋上

然后说

就这样

预备

开始

试验

刚结束

几个男同学

几个女同学

同时

奔向讲台
相互推搡着
力争
第一个发言

此刻
五彩的脸
交相辉映
全班哗然了
互相嬉闹
嘻嘻嘻嘻嘻
哈哈哈哈哈
我们的
笑声
一浪接着一浪
秩序混乱
经久不息
只好全部
各回各位

好不容易
止住了笑声
初步安静
胡老师问
谁第一个发言

同学们齐声说

大家一阵大笑

啥都给忘了

你来

上台来

快点

胡老师

坚定不移地

要我发言

我极度惶恐

两腿微抖

低着头

颤颤地

走上讲台

奇怪

此时

全班

突然间

鸦雀无声

你快说

同学们在等你

胡老师

在逼我

对不起

胡老师

对不起

同学们

我

不是故意的

我没做

这个试验

我

懦懦地说

为什么

给大家说说

胡老师

再度逼我

对不起

老师

我

我好笨

我

没有

看清你的动作

胡老师

大声说

是的

全班

没有一个人

看清了

我的动作

请再注意看

我是

这根指头沾水

那根指头摸脸

现在

你们看清了吗

两根指头

都是人体的一部分

但

你们

在本课

更重要的是

要记住

在毕业后的

生活里

要像这位笨同学

刚才那样

对

没有看清的动作

就

不要去模仿

很多年过去了

胡老师的名字

都很难写准

但他的名言

却没有忘记

对

没有看清的动作

就

不要去模仿

中学生爱情的悲伤

有一种爱叫双曲线

爱的足迹是那渐近线

爱人就是那坐标线

遥遥相望到何年

虽然好像是有缘

生活在同一个平面

可惜不是同心圆

漫漫长路无交点

只是看得见

不能把手牵

等式成立要条件

学校的书上说好的

无限接近不能圆

有一种爱叫双曲线

爱的足迹是那渐近线

你是那反比例函数

我就是那坐标线

好像我们是有缘

每天生活在同一个平面

然而相互又无缘

漫漫长路无交点

明明看得见

不能把手牵

等式成立要条件

因为这书上说好的

无限接近没有缘

天天看得见

不能把手牵

明月也有圆缺天

此事从来古难全

好似千里共婵娟

寂寞成霜两千年

星期一的早自习

星期天我去陪妈妈

妈妈突然躺在医院里

爸爸在远方的工地

只有我陪伴着忙碌的医生

忙碌了整整一个夜晚

在天空发白的时候

妈妈安静地睡着了

我回到了我的班里早自习

这又一个新的星期一

在同学们轻轻的读书声里

我手握着一支笔

趴在课桌上

朦胧地进入梦里

我变成了神笔马良

给我邻居的小女孩

画了一件美丽的花裙子

给街边上拾荒的男人

画了一件厚厚的棉衣

一个坐轮椅的大爷

要我给他画上一双腿

他真的能站起来走路了

同班同学王小明

要我将他画成伟大的作家

他能够编出许多精彩的故事

讲给他的奶奶听

从此不再孤单地坐在家里

总是数着窗外的云彩和星星

这时我突然想到一件重要的事情

我细心地画了一个机器人保姆

妈妈从此不会整天地忙碌

下班后就带我去吃快餐

在假日里能好好地休息

接下来我画了一个太阳

温暖的阳光温暖了我的脸庞

这时我慢慢地醒来

吃惊地发现是语文胡老师

正在用他温暖的手

轻轻地抚摸我的头发

胡老师小声地说

早自习早就过了

这是我的语文课堂

你太累了就好好地睡吧

我突然地站起来

紧紧地抱住胡老师

高兴地大声喊

我好喜欢你胡老师
于是我第一次
将自己高贵的头
深深地埋在
他的胸膛

爱情最真实的样子

离开一个地方

风景就不再属于你

错过一个人

那人便再与你无关

有时

那女孩正在陶醉

但是

有时往往是错误的美满

因为

有许多男人围着她

有钱的给她物质

有时间的给她陪伴

有情调的给她浪漫

然而

那些都不是

爱情真正完整的模样

而爱情最傻最真实的样子

应该是

花心的为你专一

爱玩的为你安定

性急的为你等待

爱逃避的为你坚持

骄傲的为你谦卑

为了你

去尝试不擅长的事情

为了你

想去成为一个值得更好的人

这才是

爱情最傻最真实的样子

第二起跑线

第二起跑线

设在生命的高度

奖牌在人生的瑶琼

没有发令枪声

只起步于情愫的歌声中

如同驾驭着斑斓的云彩

飘然行走在广袤的天空

洗去了过往尘埃的激情

抛却了青葱熏心的焦躁

一身的轻松

不肩负任何的挎包

只带着信心和从容

去拓展生命的宽厚

也拉长闪亮的长度

让一个倒计时

推迟到没完没了

更让它无影无踪

美国人都要饭去了！

初一三班的同学在上晚自习时

都在交头接耳议论纷纷

大家在交谈着一个特大新闻

有人爆料

美国人都要饭去了

有的同学说

可能是发生了大海啸

家里没法子做饭了

有的同学说

可能是又发生了金融危机

麦当劳都关门了

还有的同学说

可能提款机都坏了

银行里的钱取不出来

没法买到披萨和面包了

有的打算放学回家后就上网搜索

看看他们要饭去到了哪里

有的正在给家长打电话

打听要饭的人坐哪一趟飞机

大家都争论得热火朝天

正好班主任老师来查课

发现秩序混乱争论不休

于是高声地喊

你们都在吵什么

有同学胆怯地问

美国人都要饭去了

老师你知道不知道

同学们都跟着问

美国人都要饭去了

老师你知道不知道

班主任哈哈哈仰天大笑

问都是听谁说的

大家都齐声指着喊

那个瘦猴子周小明

周小明忽地站起来高喊

不是我说的

是校门口那个

卖煮蛋的王婆婆给我说的

班主任请来了王婆婆

煮鸡蛋篮也被提了进来

王婆婆说

一个煮鸡蛋一块钱

小明买鸡蛋给一美元

我不好找数不卖给他

他问我为什么

我开玩笑地说

美国人都要饭去了

你的美元没有用

我这里不收美元

周小明气得高声喊道

我妈给钱给错了

又不能怪我不好

全班同学都大笑起来

班主任笑着说

周小明的谣言被揭穿了

他也不是故意的

他妈妈也太大意了

我们都要感谢王婆婆

卖煮鸡蛋不收美元是对的

我今天要请客

今天婆婆的煮鸡蛋我都买了

同学们谁要吃快来拿

王婆婆的煮鸡蛋

被同学们一抢而光

刚刚好

晚自习下课的铃声响了

追逐的故事

在一个补课班
物理老师讲路程追逐课
狮子用多少时间追赶
可以捕捉到奔跑的羚羊
老师在指导学生们讲答卷
却有几个学生对老师说
我们做题写累了
我们想看动画片
老师说那好哇
我给你们看一部动画片
同学们一片欢呼

教室里的投影机打开了
黑板的屏幕上
展开了精彩的动画故事
在广袤的非洲大草原
年幼的大小动物们
在家长的带领下
来到体育训练中心
当太阳升起来的时候

年幼的动物们

就一直在练习奔跑

太阳落山时才让休息

狮子妈妈和羚羊妈妈

都带她们的孩子

同时来这里报名参加训练

狮子妈妈和羚羊妈妈

都大声地喊她们的孩子

跑快一点，再跑快一点

小狮子问妈妈

要跑那么快干吗

是要去争当世界冠军吗

我很累

为什么要跑那么快

我不想争当世界冠军

狮子妈妈说

这比争当世界冠军还重要

你要是跑不过最慢的羚羊

你就会活活地被饿死

小羚羊也问妈妈

要跑那么快干吗

我很累

为什么要跑那么快

我不想参加奥运会

羚羊妈妈说

这比参加奥运会更重要

你要是跑不过最快狮子

你就会被活活地咬死

小狮子和小羚羊终于明白

拼命奔跑的意义

生命就是要拼命地奔跑

要活命就必须要劳累

不想劳累

不是被活活地咬死

就是被活活地饿死

有同学突然喊

老师我们不累了

你还是给我们指导做题吧

对，还是和老师一起做题吧

我们也要像狮子羚羊那样

努力拼命地奔跑

男孩莫拉迪的纯金易拉罐

在南方的一个城市的郊区

住在低矮的棚户区里

一个三年级男孩子

他姓莫，名字叫莫拉迪

从出生到三年级

从来没有见过钱的样子

一天，他上学时走着走着

看见了一个易拉罐

他捡起了这一个易拉罐

正巧路边有个收购站

有人在收购易拉罐

于是，他做了

有生以来第一笔生意

纯利润是五分钱

从此，他发现

满地都是金钱

也从此，不管冬夏都坚持

寻找废纸、酒瓶、包装袋和易拉罐

同学们都说他傻

而他认为，真正傻的

是嘲笑他的人

多年过去了

嘲笑他的同伴们都打工去了

而他却考入大学

他在大学里重操旧业

不巧，在捡一个易拉罐的时候

被站在别墅阳台上的

一位外国商人看到

那人请求莫拉迪

把门前草坪上的一个易拉罐捡走

这时，外国商人惊奇地发现

这位捡垃圾的小伙子

竟能听懂他讲的话

而且还能流利对答

这位外国商人非常高兴

他的夫人需要一位草坪保洁员

第二天，莫拉迪就走进了这个家庭

帮助修剪草坪、铲除杂草

他的工薪是每小时四十元人民币

后来，经这家夫人的介绍

他又成了另外三家外商的

草坪保洁员

莫拉迪在大学四年里

家里不需要给他提供一分钱

因为，他利用节假日

就这样挣了六万多元人民币

临毕业时，莫拉迪

申请成立了一家草坪保养公司。

很快，他的业务

已从外商家庭的草坪

延伸到这座城市许多小区

经营，从单一的护理

发展到兼营肥料和除草机

莫拉迪喊出口号

你们都去忙别的吧，我们干

在暑假期间

大中小学的许多学生

都云集在他的麾下

一些房产商也纷纷登门

因为他们发现

凡是莫拉迪管理的小区

房租和售价

都会提高很多

如今，男孩莫拉迪

早已是一位千万富翁

现在，他的办公桌上

放着一个用纯金打造的

大大的纯金易拉罐

这个纯金的易拉罐

显示着主人的财富

更显示着

莫拉迪响亮的名字和精神

厚木板上的钉子

话说那年

在一个学校的班级里

有一个脾气很坏的男孩

喜欢有意地伤害别人

一天，他的班主任胡老师

给了他一块厚木板和一袋钉子

告诉他

每次想发脾气的时候

就在这块木板上钉一根钉子

可以记住一天发了多少脾气

第一天

男孩钉了二十五根钉子

后面的几天他学会了控制自己的脾气

每天钉的钉子也逐渐地减少了

他发现

控制自己的脾气

实际上比钉钉子要容易得多

终于有一天

他一根钉子都没有钉

他高兴地把这件事告诉了胡老师

胡老师说

从今以后

如果你一天都没有发脾气

就可以在这天拔掉一根钉子

日子一天一天地过去

最后，钉子全被拔光了

胡老师和他观赏着这块木板

对他说，你做得很好

可是，看看这厚木板上的钉子洞

它们永远也不可能恢复了

就像你和一个人吵架

说的每一句难听的话

就在别人心里留下了一个伤口

像这个钉子洞一样

钉过钉子再拔出来

伤口就难以愈合

无论你怎么道歉

伤口总是在那儿

要知道

心灵上的伤口

更加难以恢复

你的朋友是你宝贵的财富

他们让你开心

让你更勇敢

随时倾听你的忧伤

你需要他们的时候

他们总会支持你

向你敞开心扉

交朋友要

热心、耐心、诚心、爱心、细心

而不能像

那厚木板上那些

坚硬而又冷酷的钉子

胡老师的咖啡杯

几个暑假里打工的同学

相约来到胡老师家拜访

一番温馨的回忆之后

话题很快就转到了

各自当下的生活和打工的经历

学生们纷纷向自己的老师倒苦水

觉得老板给自己的压力很大

对自己劳动经历牢骚满腹

其间，老师要学生们

自己动手冲咖啡

他到厨房拿来一大罐咖啡

和十几个各式各样的小杯子

放在客厅的桌子上

这些咖啡杯有瓷的

也有塑料或玻璃的

有的外观平平

有的看上去昂贵精美

而且高雅不俗

当人手一杯咖啡时

胡老师指着桌上

剩下的几个杯子说

不知大家有没有注意到

那些外观精美的杯子

都被你们拿了

剩下的是

这几个不起眼的普通杯子

人人都想

把最好的东西留给自己

这正是生活中

问题和压力的根源

你们真正要的

是咖啡，不是咖啡杯

可大家不约而同地

把好看的杯子拿走

也观察着别人手里的杯子

是不是比自己的好

假如生活是咖啡

那么工作和劳动报酬

就只是杯子而已

它们只是容纳生活的载体

生活的滋味，不会因为

杯子本身的好坏而改变

可惜的是

很多时候，我们只看见杯子

却忘了，我们真正要的

其实是咖啡

是去享受

杯子里的美味

整个周日她都没有来

我今天
在我要扔的垃圾袋里
我特意放了许多
可以卖钱的旧物
还有新的少儿书籍
这是缘于在上一个周日
看到的小姑娘
对我的触动

在上个周日
正要午睡
出门丢垃圾
在走廊里
一个十岁左右的小姑娘在我前面
怀里抱着什么
不那么像是住这里的孩子
只是平静地回头看我一眼
我越是走得快
她也走得越快
在转角垃圾桶那停下

礼貌地跟我说声叔叔好

我本能地回应了句

话语间她的目光

由我滑到了我手上的垃圾袋

以为她只是在好奇什么

我走到门口

听见转角传来有人翻动垃圾袋的声音

隔着我那房门听那声音持续了很久

我心头一阵触动

看上去蛮聪明可爱的一个孩子

二三年级吧

除了衣服有点脏

其他都好好的

有别于那些

在街头追着人卖花的小乞丐

她在找什么

我该做些什么

不知道自己能做些什么

想想

不知道明天她会怎样

或者

能温暖今天的她也是好的

于是在今天又是周日

打包了我认为可以好卖钱的东西

开门出去

想要给她微笑

告诉她早点回家去

可是，走道上

楼梯间

没见到她

她今天没有来

心里闷了许久

她今天能不能收获什么

至少，找到一点

让她今天好过一些的东西

明天呢，以后呢

我开始过分地想骂人了

这样的小精灵就这么在错的时间

错的地点出生在错的家庭

总说

请先打好生活的基础

再考虑带那小生命来这个世界

死一样的人

自己都揭不开锅了

还没头没脑地总以为

生了孩子以后总会好的，

社会不会进步

多拜托了这些空壳大脑在那横着

我这怜爱小朋友的心怎么能平静

看不见也就罢了

看见了不说出来能把我憋死

什么东西

都不知道什么是责任

说完

希望小朋友的生活会好起来

尽管那是人家的事

我想得太多

今天我能做些实在的事情

不说改变什么

只要能帮她那么一点

也就满足了

而非心有余力不足

我在那里站了许久许久

可惜

这整整一个周日

她都一直没有来

成功的简解

一个城市里的作家
他写的一本新书
书名叫作《我的成功》
一下子卖了十万册
从此他这个人在这个城市里
在报纸和网络上都火了

一所小学的校长，
在他的学校召开此书的推介会
请来了这位作家讲演
讲演的题目叫《成功》

作家开始慷慨激昂
开始讲解了中国古代
王昌龄诗歌《出塞》
但使龙城飞将在
不教胡马度阴山

接着作家用一片深情
讲解了中国现代

冰心的《成功的花》

成功的花

人们只惊羡她现实的明艳

然后又用满满的赞叹

讲解了外国作家

奥格·曼狄诺的《羊皮卷》

世界上最伟大的励志书之一

书里有近二百年以来

美国各个行业的成功者

作家讲完了《成功》

又现场签名卖书

全校学生欢欣鼓舞

一下子买了一千多册

当作家要离场的时候

有许多学生都围着他

恋恋不舍，不肯离去

作家于是走到学生中间

满怀信心地微笑着问

同学们，还有字要签的吗

同学们大声说

你讲的太多

我们都记不住那么多
老师，你可否简单地说说
到底什么叫成功呢

这位作家犹豫了片刻
不情愿地对学生们说
我这样地给你们讲吧
《我的成功》让你们认识我
《我的成功》让你们花钱买我的书
《我的成功》让我有了很多粉丝
《我的成功》让我又得到许多钱
所以我说
我成功了
这就是成功

生日会上的笑话

昕昭君在大学里开的最后一个生日聚会
是在一个酒店里最大的包厢里举行的
全班同学和她的闺蜜都来了
也有往日喜欢过她的班外的男生
昕昭君是团支部书记又是班花
班里班外的男神追她的不少
将一个特大包房挤得热闹非凡
富二代程大豪更是前后左右地黏着她
四年来无论怎样都是不离不弃
而她总是细心刻意地
留下一点相互间的距离
这次宴会的所有费用
都是被程大豪抢着包下的
昕昭君心里明白
也不便拒绝这种好意

当摆好生日蛋糕和礼品之后
大家就开始摆拍生日纪念照
昭君当然站在前排的正中
位置当然在蛋糕和礼品的后面

程大豪厚脸皮要紧挨在昭君旁边
闺蜜们都拉扯推搡着他到最后排
还是昭君给了面子
让他紧挨她左肩后面
闺蜜们又觉得这样排画面不是太美
让男神刘新树紧挨昭君的
右肩后面与大豪挨着并排

刘新树是昭君班里的同学
但和班里男女生交往都不多
让他和大豪站在一起大豪也不反对
当摄影师要大家别动要齐声说茄子时
突然一声巨大的响屁打乱了一切节奏
几十个人都哈哈大笑前仰后合
摄影师只好放下镜头等待平静
同学们都高喊：这人是谁站出来
大豪嘴里喊：我知道
并抬手要指他前边的人

还没等大豪说出口
只听得新树高声说：是我
我在午餐时吃多了土豆烧肉
要杀要剐要打要骂甘心受罚
在大家的高声嘲笑之中
昭君用惊奇的眼神

回过头来看了刘新树很久

刘新树在班里从来不苟言笑

他和男女同学都交往严肃

除了上课，他都往图书馆里跑

体形气质和学习都不输程大豪

除了脸上有点黑，生活节俭着装随意

就在昕昭君生日宴会后的第三天

团委书记来找昕昭君谈话

说是毕业后考研全班都报名了

唯独刘新树没有报名

他要昕昭君去问问刘新树

看他有没有什么思想问题

在一个快餐厅

昕昭君约了刘新树

两人相坐在对面

他们第一次相互看得这样清晰

刘新树说他爸爸是种水果的

全家人借钱叫他来读农学院

毕业后就要活学活用开放创新

培育新品种开创新市场是一种责任

等到初步成功后再报考在职研究生

他说他已经和周教授请教过

周教授许诺会参加培育全过程

昕昭君突然问刘新树

如果有女同学参加你的团队

你会答应吗

刘新树说：那太好啦

只不过是农村生活太苦会受不了

昕昭君问：我怎么样

你真的来，我就真的欢迎了

昕昭君问：你有女朋友吗

刘新树说：自己还不着急

昕昭君问：我怎么样

刘新树惊奇地睁大了眼睛

热泪盈眶嘴唇颤栗地说

现在我就带你回家见我的母亲

学校的盛大毕业典礼过后

班里接着又举行隆重的毕业庆典

程大豪前前后后地缠着昕昭君

和她一起上台唱歌又表演舞蹈

在全班的一片欢呼和歌声过后

昕昭君对大豪说：你先下去吧

大豪走下舞台时刘新树上台了

昕昭君一手拉着刘新树一手拿麦

向大家宣布了一个惊天的消息

她要和刘新树一同下乡种水果了

她要为她学过的知识贡献青春

全班一片寂静

然后又爆发雷鸣般的掌声

这时程大豪发疯地跑上舞台
先瞅准刘新树的脸部
狠狠地打了刘新树一拳
然后就满面流泪地对昭君说
昭君，为什么？为什么
我爱你四年，我追你四年
我会让你幸福一辈子

刘新树站到了昭君和大豪之间
用胸膛挡着大豪，说道
程大豪，你算了吧
连屁大的一点事
你都承担不了
你还能为谁承担什么
你还能让她幸福一辈子吗
于是拉着昕昭君走出教室
一句话提醒聪明人
让程大豪后悔莫及
同时也提醒了全班的同学
让大家想起了昕昭君生日派对
一个屁大的事
无意中彰显出
一个人的人品

忠诚和承担

在毕业前的一个星期天
我和几个学友去看望胡老师
说笑间他问我们一个问题
今后在工作岗位上
除了努力工作和技术钻研
你们还准备了哪些打算
大家说不知道
于是，胡老师给我们
讲了一个十分精彩的桥段
在一个有名的寺庙
有一串佛祖戴过的念珠
是住持的身份的象征
念珠的供奉之地
只有老住持和九个弟子知道
老住持一天对弟子们宣布
那串念珠突然不见了
老住持说道
你们谁拿了念珠
只要放回原处，我不追究
弟子们都摇头

三天过去了

有三个弟子下山去了

老住持对剩下的六个弟子说

下山的人

我派人去山下查过了

他们都没有偷

只要你们谁承认了

念珠就归谁

又过去了三天

还是没人承认

又有三个弟子下山去了

老住持很失望地对剩下的弟子说

明天你们就都下山吧

拿了念珠的人

如果想留下就留下

第二天，有两个弟子收拾好东西

长长地舒了一口气

干干净净地走了

只有一个弟子留下来

老住持问留下的弟子

念珠呢，你还我来吧

弟子说，我没拿

那为何你要背个偷窃之名

弟子说，这几天我们都相互猜疑

只有我站出来

其他人才能得到解脱

再说，念珠不见了佛还在呀

老住持笑了

从怀里取出那串念珠

戴在这名弟子手上

老住持说，我要走了

你就接手住持吧

第二天老住持圆寂了

胡老师对我们说

在未来的道路上

不但需要力量和智慧

还需要忠诚和承担

这个故事

让我和同学们感悟了很久很久

玛蒂尔德的项链与篮球赛冠军

初二一班男篮队经过一个学期的拼搏
进了全市中学班级篮球赛的前四名
争夺市中学篮球赛冠军的荣誉战
就要在这个夏季的暑假里打响
全班同学都为此很精神振奋
班里的男生帮主力球员们当陪练
女生为他们准备参赛的服装和用品
正巧有一个同学的外省老乡来看望
这个外省的老乡是个大个子初中生
而且还是省业余体校的优秀学员
在经过一场练习赛后可以看到
他的球技球风和身体素质都是一流
于是有聪明的同学和大家商议
到市里正式比赛时借他出场
他是外省的人这里谁也不认识
有人问起就说是刚转学的
于是班里同学就找班主任商量

班主任胡老师将同学们招回教室
叫大家坐好听一个故事

故事是通过幻灯片演绎

故事内容是莫泊桑小说《项链》

在幻灯片演绎完了以后

班主任叫大家讨论故事里的问题

玛蒂尔德该不该借那条项链

同学们发言争先恐后

有的说玛蒂尔德借项链是对的

她为了自己的荣誉和面子没有错

她的错误是不懂珠宝知识

有的说她的悲剧是源于她的本身的贫穷，

她本就不应该为了自己的虚荣，

去参加本不应该参加的上流聚会。

胡老师说大家的发言都很好

玛蒂尔德是公务员的妻子

她必须有自己的荣誉感和面子

如果没有荣誉感和面子

我们都不会去努力前行

玛蒂尔德因贫穷而借项链

玛蒂尔德又因借项链而更加贫穷

她的这种荣誉感和面子是空虚的

这种荣誉感就像一个肥皂泡

经不起一小点风轻轻地吹动

每个人都必须要有荣誉感和面子

没有面子的人只是一根木头

而荣誉感和面子必须来自真实
否则我们一生的努力都是白费
在我们光辉外表的荣誉里面
还得有结结实实的辛勤和努力
否则我们人生都是水上的浮萍
虚荣里有自己的强烈的追求感
将虚荣感变成追求荣誉的动力
把追求感落实到实现的欲望
是我们的必要的行为动力

胡老师问全班同学
玛蒂尔德借项链对吗
同学们说：不对
胡老师再问全班同学：
我们借球员去夺冠对吗
同学们齐声说：不对
吴老师又问全班同学
我们需要冠军吗
同学们齐声说：必须的
吴老师最后问大家
我们怎么办
同学们齐声说：全力夺冠
全班响起雷鸣般的掌声

一块烤熟的热地瓜

记得那一年的寒假

在大连候船去天津学习

那条船晚点了两小时

我坐在长椅上玩手机等待着

在对面的长椅上

有一对中年男女也在等

他们身边放有行李

应该是返乡的农民

男的有点黑身体很壮

棉帽子下的头发有点凌乱

穿着有泥土的牛仔裤和皮鞋

廉价而宽大的西服里

露出没拆洗过的棉袄

女的长发向后扎着马尾

一身棉袄棉裤和风衣

干净瘦弱的小圆脸

显得温厚而大方

怀抱着一个婴儿在吃奶

在他们的脸上没有疲惫

似乎只有快乐和兴奋

我在手机里读到吃的故事

受到感染也想吃东西

我从包里取出水果和面包

自顾自地吃了起来

对面的那个男人

隔一会儿瞅我两眼

我抬头看他时

他就嘿嘿地笑一下

我示意送他火腿肠

他摆摆手朝门外走去了

我回头看他

我发现了我身后的门外

有一个烤地瓜摊

他买了一个回来了

手里拿了一个烤熟的地瓜

还冒着白白的热气

好像还很烫的样子

他碰了一下女人

就将热滚滚的地瓜连皮

塞进女人手里

他又抱过女人手里的孩子

女人愣愣地看了一会她的男人

脸上漾出了红润

女人开始吃地瓜

很幸福地吃

速度很快地吃着

显然她是饿极了

她苍白瘦弱的脸上

一点血色都没有

女人吃到一半

忽然想起了什么

冲着男人说

你趁热吃吧，我吃饱了

男人说他已吃过一只了

那男人叫他女人吃时

他的嘴角嚅动着

有一滴口水很快淌了出来

他显然是在说谎

还是女人强行地

将半块地瓜塞进男人的手中

男人吃完又用西服裹紧了孩子

女人就紧抱着男人

三人在一起感受温暖

一块烤熟的地瓜

把所有的形式都包容了

不必扭怩那么多浪漫

无须张扬所谓情调

只须实实在在地牵挂着对方

在贫寒的日子里

冷暖互知，相依相偎

那女人也必是走南闯北的人

也知道玫瑰为何物

也懂得如何风情万种

她爱男人的方式朴实具体

天冷了，多穿一件衣

饿了，吃饱

干活时，注意安全

仅此而已，才是真爱

那男人也必是懂得装萌

他也许想说甜心的话

做一个浪漫惊喜的动作

也知道会讨女人欢心

要买玫瑰喝咖啡和吃热狗

却在自己饥饿时

把唯一的一块地瓜留给女人吃

那块烤熟的地瓜在他眼里

比什么都浪漫

那块烤熟的地瓜

在这个女人眼里

比九千九百九十九朵玫瑰还浪漫

真爱，是要入骨入髓

真爱，不需要山盟海誓

不需要一切语言

它只长驻在人的灵魂里

寻找最大最圆的苹果

大三刚过的假期里
许多同学就开始找工作了
张大春在家人的帮助下
到处托人托保东奔西跑
又参加了好几次企业招考
聘书收到了好几本
但是都觉得不满意
有的行业不是自己的爱好
有的工作不利于专业发展
有的企业待遇不是很理想
有的单位又远离他爸妈
他和家里人讨论了好久
眼看又到了开学的时间
仍然拿不出自己的主见
张大春左思右想越想越烦
睡不好觉吃不下饭
眼睛都出现了黑眼圈

在乡下种苹果的大舅舅
请大春来自己的家里散散心

到苹果园里转转玩玩

大舅家的苹果园很大

林间的道路就有好几里远

正是苹果要采摘的好时期

又大又红的苹果挂满果枝

让人一眼望去心旷神怡

张大春舅舅这时要和大春打赌

问大春能不能在这个果园里

找出最大最圆的苹果

大春说：找到了咋办

大舅说：把果园送你

大春说：说话算话

大舅说：愿赌服输

大春说：请出规则

大舅说：听好规则

规则是：你到果园里去

任意选摘一个又大又圆的苹果

拿它来和其他的苹果比较

别的苹果比不过为你赢

但只可以向前走不可以回头看

而且只能摘一个

大春信心满满地向前走着

看到越来越大越来越圆的苹果

本来想摘下来

又觉得前面的好像更大更圆

他就放弃了这个苹果

于是他又继续向前走

当他走近这个苹果时

他却又发现还没有以前的好

于是他又继续向前走

走着瞧着

就这样他走出了苹果园

手里始终没有得到一个苹果

他大舅说：大春

这和你挑选未来的工作相同

因为你总是相信前面还有更好的

不知不觉就走到了尽头

你却什么都没有得到

当你想到回头的时候

已经不能回头了

其实，所有的苹果园里

都找不出最大最圆的苹果

因为我们不可能做到一个个地去比较

同样，我们也找不出最理想的工作

我们不可能一个一个地去尝试

珍惜手里已经得到的

就是我们要找的最好的

这一天大春玩得很高兴
他终于下定决心回到家里
签订了自己人生的第一份
未来工作的意向合同

周小明的小金人

周小明的爸爸周大健

在大城市里搞销售

周小明今年初中毕业了

周大健要带周小明

到城里去上高中

周小明喜出望外

周大健临行前对周小明说

小明，你的学费还差一小点

你应当去农贸集市一趟

卖掉家里的二十斤大米和一只羊

你上高中的学费就凑够了

你在路上千万要小心

小心别掉到沟里去

周小明很高兴地说

我又不傻，你放心吧

当爸的还是不放心

又拿出两百元钱给他

以备在饥渴时急用

卖粮和卖小羊的不在同一个集市

要走过一片树林和一条小河
在阳光下要走过十几里的路
周小明穿着时尚的新衣服
高高兴兴地上路了

他用肩扛着一小袋米
手里又牵着一只小羊
汗流满面肩头发酸
见到小树林有荫凉处
就放下米袋坐下来休息
这时一个大个子男人经过
看了看周小明，就对他说
你就是周小明吧
看样子是去街上卖小羊吧
你怎么知道
我姓吴，你爸爸的同学
你住在哪里
我住在后屋村
离你们的村不远
大个子说：我帮你扛米袋子
你就只牵着羊走得快些
小明看他笑容可掬的样子
又听说是爸爸的同学
就将米袋子递给了那个大个子
自己就牵着小羊一起走

他们俩上路时
大个子越走越快
周小明牵着羊越落越远
那个大个子一转弯就不见了
周小明一看心里急了
就大声喊捉贼呀捉贼呀

这时从树林里走出一个老头
走过来问发生了什么事
周小明十分着急地对老头说
有人扛着自己的米袋跑了
那个老头对周小明说
是的，那个坏人我看到了
他是顺着一条小河边跑的
你把羊交给我，我帮你看着
你快去追还来得及
周小明看了看老大爷
满脸都是慈祥的笑容
周小明相信了老大爷的话
就撒腿追大个子去了
周小明追了很久
没有见到大个子的影子
当他返回原地时
老大爷和小羊都不见了
他找遍了树林和小河旁

什么也没有找到
只好边走边找边哭

有一个穿着时髦的胖女人
从身边经过时打量着他
并很怜爱地问小明
小兄弟，怎么这么伤心呢
小明就一五一十地讲了
胖女人对周小明说
小兄弟，别伤心
你折了小财会来大财
你有好运气能碰上我
你会走运发财的
胖女人从她的手提包里
边说边拿出一个
金黄颜色的小人，说
我在这里有金人小菩萨
只要两千块钱
你买了拿给你爸爸
他拿到大城市里去拍卖
会值好几万或更多
说不定你家就发达了
周小明在看电视时
也知道古文物很值钱
如果得到了就会发大财

他说：我的钱不够

有多少

只有两百块

看你可怜的样子

就卖给你吧

就算是我帮了你

你发财了不要忘了我哟

两人交易完

胖女人很快就消失了

当周小明高兴地饿着回家

向爸爸交出小金人时

爸爸说，这是用铁做的

爸爸听完了

儿子讲的今天的故事

告诉小明

人生有三大陷阱

大意、轻信、贪婪

你今天没有掉沟里

却算是跌进陷阱里了

你进城读书时

不光要读文化知识

还要学习生活的本领

今天的你

只算学到了人生的第一课

小白鼠快跑哇！

初二十班的七个同学

五个男生和两个女生

在星期五的下午课

到歌厅唱卡拉 OK

被班主任老师抓了个正着

都快期末考试了他们都不着急

而班主任却着急了

问他们为什么不努力

马上就要上初三了

你们怎么不努力呢

难道不想考重点高中了

这七个同学都说

努力过了，总是考在末尾

还不如不努力

班主任说

正好明天是周末

我们去看一个好玩的实验

也许会给你们带来生活的快乐

同学们都说那好哦

第二天在这个中学心理实验室

班主任和七个同学在认真看实验

这是一个心理学常做的实验

心理学老师将几只小白鼠

放进一个有门的笼子里

笼子的底部是金属的

而四周是透明的玻璃板围墙

给笼子的底部通适当的电流

小白鼠们不会致命

底部通电以后的小白鼠

会立刻惊慌地四周乱跑

拼命地想逃出笼子

但都会被撞到透明的玻璃墙

然后就被弹回

一次一次地重复通电

小白鼠就这样

一次又一次地被电击和撞击

逃跑时又被玻璃墙弹回

最终，小白鼠学会了屈服

无论怎样电击都无济于事

它们都匍匐在笼子中间

完全放弃了逃跑的企图

这时，实验员将一块玻璃墙移走

小白鼠都呆呆地看着人

它们也不再寻求逃出笼子了

同学们都急得大声喊

小白鼠快跑哇

小白鼠仍然一动不动

绝望地忍受着痛苦

心理学老师说

小白鼠的这种现象

叫做"习得性无助"

我们人类中也有这种现象

有的人在多次遭受挫折以后

就表现出绝望和放弃的心态

即便是有机会来了

他们也不会再努力争取

班主任笑着对同学们说

在这个笼子外面

还有七只小白鼠呢

是不是哦

这七个同学说

我们才不会那么傻

我们要在这次中考里

考出前几名给你看看

后来，这七个同学

真的考上了重点高中

包糖纸上的《新洛神赋》

带语文课的高三班主任
这一天上语文课时有点异样
一向自我行为和语言都刻板的人
在讲解《洛神赋》时说
《洛神赋》上演的是美好的神话
我们要学习里面的文学艺术
说话中在用手摸摸他的衣袋的同时
眼角的余光扫到了一对同桌
一席话逗得同学们在下面
发出了一阵阵哄笑

而这一对同桌就是黄春丽和张小满
黄春丽长得秀丽爱清洁和整齐
张小满高大帅气爱打球很邋遢
黄春丽趁张小满不在时
就帮他清理课桌的里里外外
一天下雨，张小满送黄春丽雨伞
黄春丽也不推辞就收了
张小满悄悄地每天送黄春丽糖
黄春丽也默默地吃着

那些奇怪的包糖纸也被收进衣袋里

这些事，全班的同学都在悄悄议论

而黄春丽却毫不在意

张小满产生了幻觉以为得到了爱

于是乎，从此以后，张小满

更加喜欢同桌身上散发的清香

于是，他都在课外打球之余

每天用笔写一篇几百字的《新洛神赋》

包着糖悄悄地送到她的书桌里

而黄春丽仍旧毫不在意地吃着

而其实，他每一篇《新洛神赋》

都交到了班主任手里

并且还和这位语文老师

推敲了里面词句的优劣

她依然默默地给他擦试着桌椅

整理着抽屉，也都是

他不在教室的时候

可怜的张小满还是被蒙在鼓里

张小满从没有想到过自己会这么努力

他没有黄春丽的成绩好

但是他想和她报考同一所大学

他应该为梦想付出更多的努力

灿烂的八月时光来临

张小满以语文满分上了一本

张小满如愿以偿地接到了录取通知书

而且他从同学口中得知

黄春丽也榜上有名

张小满欣喜若狂

就在他接到通知书后的

第一件事，就是跑去找她

这天下着大雨

好像是很有节奏的雨

张小满刚走到黄春丽家的巷口

他愕然站住了

她正和一个很帅的男孩子

共打着一把伞从远处走了过来

她的手攀着那个男孩的胳膊

亲密地和那个男孩子说着什么

她看他一眼也毫无表情

只是，灿若春花地

朝着那个男孩子笑着

他真切地觉出了自己的傻

自己完全是在自作多情

只是自己的单相思

他转身而去，雨水和着泪水

无声地洗着他的脸

他突然病倒了，很严重

正巧在关键时期

教语文的班主任来看他

班主任拿出一大沓纸给他看

张小满惊呆了，他问班主任

这些《新洛神赋》怎么在你这里

班主任说，这些包糖纸

是我辅导你的依据

是黄春丽请求我这样做的

她想让你也考上大学

黄春丽真的很爱你

爱你的体育，爱你的文采

为了你的前途，她来求我

请我辅导你的语文

张小满伤感地说

下雨那天我去找她

她正在和一个帅哥一同打伞

谈笑风生地都不理我

我始终以为

她把我的信都丢在风里

班主任笑着说

那天我在你身后

那个帅哥是她的亲哥哥

你拿着你的这些《新洛神赋》

快去亲自找她去吧

她正在她家里等着你

张小满的病突然好了
夺过老师手里一大沓《新洛神赋》
也不和老师说声再见
也不顾自己的一切
就疯狂地夺门而出

校长的凶狠处罚

县城的一中是省重点中学

初一三班大个子男孩王瑞

总是在上早自习时偷看小说

天天都被值班老师抓到

小说被没收是要赔钱的

而人还要被罚在教室外站岗

他也常被班主任叫去

被数落还被骂得很难听

班里的男女生都叫他大傻

因为王瑞拉了这个班的后腿

班主任对他说了狠话

如果你王瑞再偷看小说

我就要求校长开除你

王瑞说不看了还写了保证书

可是王瑞他就是没个记性

就在王瑞承诺的第二天早自习

被人举报让班主任抓了个正着

班主任把他扯到校长那里

还给校长看了王瑞的保证书

校长睁大了圆圆的双眼

吓得王瑞浑身发抖

校长说王瑞惹恼了所有的老师

他要狠狠地惩罚他

而且只给改正的最后一次机会

如果还做不到

那就必须被开除

王瑞就再也不能上学读书了

校长对王瑞说

从今以后的每天晚上

抄一千字以上的短篇小说

在第二天早自习前给我

每天如此直到我说不要了

王瑞和班主任都默默地走了

只有校长一动不动地看着前方

王瑞每天按时自我惩罚着

晚上他要读许多短篇小说

再选一篇他喜欢的抄下来

这是要送给校长交差的

一定要选最精彩的给他

早自习再也没有必要读小说了

校长每天早早地在办公室里

等着王瑞送来他自我的惩罚

时间一天一天地默默地走过

王瑞给校长抄的小说堆满了抽屉

王瑞也读完了杂志上所有的小说

王瑞觉得自己应该练习写小说了

他还是一如既往地

每天在上早自习前

交一篇自己写的小说给校长

撒谎说是自己抄来的

校长也不说什么就收下了

也从不提惩罚结束的事

时间又一天天地默默地走过

初中刚毕业的王瑞

被校长叫到他的办公室里

给王瑞拿出厚厚一沓剪报

说：这些你一定很喜欢

王瑞高兴地接过剪报一看

惊奇地看着说：这是我写的

校长微笑地又拿出一张银行卡

交给王瑞说

这是你的稿费，你拿去吧

王瑞睁大更惊奇的眼睛问校长

这是怎么来的

你写的小说，我帮你投稿了

校长你怎么知道是我写的

校长：你写得够水平就帮你投了

王瑞：我怎么感谢你
当你获得了诺贝尔文学奖
你就送我一本
上面必须有你的签名
校长平静地对王瑞说

王瑞趴在校长的办公桌上
像女孩子一样地双手蒙脸
抽抽地哭得很淋漓
王瑞写小说的消息被全校都知道了
整个县城传递着一个头条新闻
县一中出了一个少年诺贝尔小说作家
他就是大个子男孩王瑞

雷总讲的雷人的故事

企业管理学院郝院长

请来了一个企业老板雷总

开讲企业管理课

温和的照明，明亮的视屏

清晰的话音，鲜艳的投影

安静的大厅，帅气的陪教生

雷总风光地站在台上

郝院长默默地坐在大厅门旁

雷总开场白一段雷语

引来上千人雷鸣般的掌声

郝院长只在默默地看着

突然，停电了，鸦雀无声

雷总问郝院长怎么办

院长只说了两个字马上

只听见院长打手机问怎么办

电话里很大声回答马上

然后整个大厅恢复了灿烂

这时投影机和视屏不亮了

帅气的陪教生慌作一团

东摸西摸找不到北

雷总问院长怎么办

院长举起手机说了声马上

那边大声回答了一声马上

立刻从门外来了一个老师

神情镇定地来到讲台

不到十秒钟就完全 OK

雷总告诉同学们

刚才发生的这一切

都是我和郝院长精心的安排

这就是管理

管理就是细节

管理就是要快速地做好每一个细节

教室里又爆发出雷鸣般的掌声

郝院长被请到台上讲话

他说

管理就是管好每一个细节

在我们的大学生中

做事往往粗枝大叶

看看差不多就行了

知识和技术一知半解

不能及时解决现实问题

一个不庄重的发式

一件不得体的服装

可能会推开一个潜在的客户

一个保密管理细节的疏忽

可能会导致

新产品核心技术被对手盗走

使我们的公司陷入绝境

一个慌忙寻找保险箱钥匙的动作

就可能丧失你晋升财务主管的机会

一份资料编写得马虎和错误

就会失去一个十分重要的订单

至于如何做好我们的细节

请听我们雷总讲他精彩的案例

大厅里再次爆发出雷鸣般的掌声

用瓶子装不来阳光

王丽萍和朱莉亚

是初二一班的女生

她们俩是好朋友

有一天为争论一个问题

两人闹翻了谁也不搭理谁

时间一久王丽萍想和好

于是时常偷偷地

给朱莉亚课桌子上

放点朱莉亚喜欢吃的零食

都被朱莉亚扔到垃圾桶里了

王丽萍很痛苦

就去找班主任胡老师想办法

胡老师给王丽萍讲了一个故事

说是

有一个三岁半的小男孩

一天，在他的小房子里睡觉

当醒来时，觉得卧室里太黑

他看见外面阳光灿烂

于是就想着

想要将外面的阳光

拿一些到屋里来

此时，他拿着屋里一个

大的玻璃瓶子到院子里装阳光

然后再将这瓶子拿到屋里来

可是，每当将装满阳光的瓶子

拿到屋里来时

瓶子里的阳光就没有了

于是，他就这样屋里屋外地跑着

屋子里还是很黑暗

这事情被在屋外浇花的爷爷看到

问他

你在做什么

他回答

房间太暗了，我想装点阳光进来

爷爷笑着给他说

只要把窗帘拉开

阳光自然就会进来

何必用瓶子装呢

王丽萍说：老师我懂了

她明白了班主任所说的话

马上主动去找朱莉亚谈心

两人又和好如初

王鼎城和小说《西游记》

刚考上初中的王鼎城

因担心自己学习偏科

在开学前的假期里

问他的班主任胡老师

我想考上大学，我该怎么努力

胡老师送给他一本小说《西游记》

胡老师说："先拿去看懂了再问我吧！"

一个星期后王鼎城问胡老师

是不是要像唐僧那样百折不挠

胡老师说：这还不够，你还要再读

不是光有百折不挠的精神就能成功的

一定还要有几个志同道合的朋友

又一个星期后王鼎城问胡老师

是不是还要有四个学习的高手同路而行

但是我怎样才能得到他们呢

胡老师说：孙悟空猪八戒沙和尚白龙马

他们都是身怀绝技的人

他们都是在取经路上唐僧碰到的

要碰到可以与我们一路同行的人

我们必须先上路前行

不是有了同行者我们才上路

而是因为我们在路上才会得到同行者

而现在的你，会怎样得到他们呢

胡老师说：这本书你还没有完全读懂

你再好好地读吧

再过了一个星期王鼎城告诉胡老师

要在学习中去努力帮助需要帮助的人

在帮助中发现几个不同科目的特长者

而且我能帮助他们进步

他们也能帮助我提高

我们几个不同科目的特长者

互相帮助共同提高坚持到底

我们五个同学就会一同步入大学

这四个同学我已经找到了

他们都是我同年级里

不同单科的特长生

我们说好了要互相帮助一起前进

胡老师说：现在你才算是真正读懂了

在后来的六年和再后来的六年里

王鼎城都随身带着这本小说《西游记》

走进了大学

走进了跨国公司

成为高端科技开发人才的领导者

小朋友们你们早

小朋友们你们早

早晨太阳你们好

花儿还在细打扮

鸟儿还没画眉毛

树儿排队在站岗

松鼠还在细梳妆

大地还在睡觉觉

小朋友们蹦蹦跳

背起书包上学校

小朋友们早上好

小朋友们你们早

六月天空你们好

花儿美丽竞开放

鸟儿成群结队飞

树儿招手迎风舞

松鼠攀爬树枝上

大地新衣换上了

小朋友们做早操

红红的队旗老师好

小朋友们早上好

小朋友们你们早

早晨太阳你们好

小朋友们蹦蹦跳

背起书包上学校

小朋友们你们早

六月的天空你好

小朋友们做早操

红红的队旗老师好

学校喇叭声声高

小朋友们早上好

小朋友们你们早

早晨的太阳你们好

小朋友们你们早

早晨的太阳你们好

下 编

汉江冬景

江水如月岭如霄
碎雪织锦点红俏
白鹭飞影敲窗过
橘红一轮挂林梢

梅花香

断桥传说千载

笑容年年岁岁

寂寞冰霜雪舞

独领春风如醉

不恋情人如织

唯有知心爱我

敞开花蕊芬芳

大地春回祥瑞

一枝红梅飘香

专等英雄你来

科学家的水稻种子

初二八班的男生王友利
是刚从外省转来的同学
听说他在原校年年是优等生
是校长特意安排进这个班的
他妈妈好几次找学校要调班
都被校长好言拒绝了
王友利在班里表现很好
篮球比赛合唱表演
样样都引人注目
他的字也写得漂亮
数学作文都样样在行
就只是一个人独来独往
和班里的谁都不打交道
同学们请他一起去滑旱冰
他说他已学过玩得不好
过节了同学请他吃烧烤
他说从不在外面吃东西
同学们很生气就告诉了班主任

班主任胡老师找他谈心问原因

他说这里是本年级的最差生

和他们来往我也会变差

胡老师给他讲了一个故事

在中国有一个农业科学家

他要研究出优秀的水稻种子

让他的水稻种遍全世界

他向农民承包了一块稻田

进行着多年艰苦的努力

他所种的水稻很优秀

比农民种的都要好很多倍

每年他都获得国家的

水稻品种最高荣誉奖

国家主席都和他握过手

而他每次得奖后

也一定将他所获奖的最佳品种

分送给他相邻田地的农民们

大家都觉得好奇怪

难道他不怕别人获得了他的品种

因而在下一次的评奖中胜过他

这位科学家微笑着回答道

我无法避免因风吹

而使邻居的花粉飘到我的田里

倘若我不将好的种子分给每个邻人

那么飘过来的花粉不好

也必然会使我的田地产出不好的品种

唯有在我周围的品种都是好的
才能保证我的田里产出最好的品种
而我在得奖之后
我稻田四周的农民们
也希望我明年
分给他们更好的品种
这是我每年创新研究的动力
我仍然要继续努力研究改良
因此我能连续不断地获得最高奖
当别人赶上我去年的水准时
我早已又往前迈了一大步
所以我从来不担心别人超越我
相反，若有人想超越我
将带给我精益求精的动力
让我追求更大的进步空间

王友利对班主任胡老师说
老师，你说的我都懂了
我要从今天起
和同学们展开学习互助
我们不但要会学知识
我们也要学会分享
乐于分享是一种宽广和无私
因为这种宽广和无私
我们心中的世界才会变大

因为我们在与别人分享

同时也会得到别人的回馈

只有与不同的人分享

我们才会得到不同的益处

太阳无私地分享阳光给万物

万物的生长是在歌唱太阳的光芒

初二八班同学从此都进步多了

王友利又成了新学校里的优等生

走廊上的鲜花和灯笼

记得在带领学生下乡实习的那一年

办公室设在乡镇政府内的

一座旧式办公楼里

这是一座传统的老式办公楼

各层都是宽宽的通透外走廊

走廊靠外面是方形砖柱子和砖墙护栏

走廊的内面是办公室的房间

走廊的地面和墙面

都贴了好看的瓷面砖

办公室房间的门

都沿走廊一字儿排开

政府的办公室都全搬到新楼里去了

这里全都是租户住

这里的一楼最漂亮

砖护栏顶上摆满了盆栽花

有的开着鲜花

有的长着厚大好看的叶子

在天花上吊着仿古的吊灯

开关都设在房间门口

地面和墙面被擦得干干净净

看起来给人以快乐的心情
于是，我们就在这里租住了一间

隔壁左边的三间都是盲人按摩房
据说负责人也是一个盲人
我们一行有十多人
我们每天出门都很早
天不亮汽车就来叫了
回来时已经是半夜三更
整个楼房的人都是不相往来
但是这个一层的吊灯
无论早晚，灯总是全亮着

有一天我们要走得很远
早晨，天还未亮就起床
我在走廊上来回地踱着等车
隔壁的一个盲人开门出来
摸索着打开走廊所有的灯
然后又拿出一个淋花壶
摸索着给盆花一个一个地淋水
脸上洋溢着幸福的笑容
这水浇得很有技术和分寸
水滴一颗都没有撒到地面上
被撒过水的米兰花
立刻散发出迷人的清香

我好奇地看着没有出声
而这个盲人先走近我开口了
我知道你是胡老师
是来带领学生调查实习的
这对农业发展很有好处
我问：你怎么知道的
他说：一层楼是我承包的
租房合同上写有你的名字
我问：您贵姓
他说：我姓王
是按摩师，公司的总经理
我问：这灯都是你每天在开吗
这花都是你每天在打理吗
他说：是的
走廊上的灯全是我每天开的
花也全是我养的
你闻到米兰花香了没有
这香味让你很开心吧

我大胆地问：好像你是位盲人
他笑着说：是的
是在一次工程事故中造成的
后来公司送我学按摩
后来，我就开了按摩公司

我问：你养花你又看不见花美

你开灯，你又看不到灯光的亮

日复一日年复一年，值得吗

他说：我养花，我就是鲜花

花香原本只是为了别人

别人快乐，我也快乐

我点灯，我就是一盏明灯

灯光原本只是为了照亮别人

别人得到光亮

我心里也明亮

我感动得说不出话来

鲜花不应只是为自己开放

而应为他人开放

在春天里竭尽全力

绽放出所有的美丽和清香

明灯并不是在显示自己的光亮

而是为道路放射辉煌

生活就是这样

不只是为了自己

也应该为了别人

在帮助别人的同时

自己也可以收获一份快乐

午夜日记

午时离别夜倾心

帘外霓虹帘内灯

爱之别离

求之不得

写诗记深情

书成一阕相思辞

欲寄微信又迟疑

呕心沥血

绞尽脑汁

犹难诉情思

回望那天初相见

宛若出水一芙蓉

亭亭玉立

流之荇菜

多时偷偷看

风华君子一少年

明媚鲜艳一静姝

谦谦君子

窈窕淑女

自觉好姻缘

平地一声惊雷现

罗带同心结未成

执子之手

却未偕老

两处魂肠断

初春校园淡淡风

羞面粉颊盈盈泪

有缘相爱

无缘相守

终日泪蒙蒙

别时容易见时难

流水落花又一春

离恨长多

欢娱短少

埋头叹连连

掩书涕泪苦无端

可怜衣带为谁宽

西窗草草

风雨校园
已成隔世年

悟悔当初心已失
暧昧暗淡终无日
巧笑倩兮
纳兰若丝
费尽一生思

男人女人手拉手

如果生活没有美酒

我们还有什么活头

如果男人不恋婚姻

女人还有什么盼头

如果婚姻只为生育

日子还有什么过头

如果男女都不相拥

作家还有什么写头

如果小说不写情感

作品还有什么看头

如果男女不贪幸福

哪个还愿去吃苦头

如果国家不强大繁荣

哪里还会有幸福美酒

没有了美酒和快乐

未来还有什么奔头

我们的浪漫我们的美酒

我们的爱情我们的欢乐

我们的幸福我们的所有

一切一切一切

都会付诸东流
我们男人和女人
以爱的名义手拉着手
为了我们的快乐
为了我们的美酒
为了我们的爱情
为了我们的奔头
为了我们的幸福
为了我们的所有
我们一起肩并肩
我们团结向前走
我们快乐地辛劳
我们努力地奋斗
保卫强大的祖国
建设繁荣的国土
我们男人和女人
一起并肩手拉手
团结奋斗向前走

丁香花

小妹晚妆漫山丁香
深秋梨花紫色霓裳
花雨梅蕊风度彦辅
高雅清香来自天堂

江岸春游的浪漫

江岸春花水碧流

约踏夜晓来行舟

绿莲戏水水自悠

竹笛好画自可留

闻着一道春风来

凌花碧波叶飘鎏

娜娉抚琴依舞曲

满道月光东屏幽

迢迢横波望目泉

哪家女子为谁秀

夜以近半休

借光亦摆酒

花含好明月

欲眠亦无休

丝竹未尽却风雨

望断西山几斤愁

不辞春风借天明

夜画林畔鹧鸪咻

童吟李白师言甫

鼓琴琵琶伴街舞

江边繁花诗语夜

深锁春光在船头

请你再走两步

从上车到下车只有两步
从街边到家门只有两步
从友谊到爱情只有两步
从孩子到父亲只有两步

从开花到结果只有两步
从雷雨到天晴只有两步
从拼搏到成功只有两步
从出发到完成只有两步

若你累了可以歇一会儿
若你困了可以躺一会儿
可你一定牢牢记住坚持
无论如何请你再走两步

理 想

理想

是一头聪明的牛

拉着一架笨重的车

车上堆满

昨日得来的草料

请一个

不知路的车夫驾驭着

为寻求

一个构想中的牧场

在荒原野地里

四处奔跑

高山

在前面出现了

是翻过还是绕道

河流

在前面拦住了

是渡船还是架桥

前方

又是浩瀚的大海

如何驾帆向何处飘摇
又到
浩瀚无边的沙漠
哪里是天际
哪里是绿岛

有时
路过葱绿的森林
来不及探测森林深处
有时
路过冰雪荒原
来不及等候草原春早
旅途中
也有时思恋主人
是否还是回到他的怀抱

你还是
把车夫和车
全都抛掉吧
把你的追求
整理成
一个小小的包裹
精心地装进
生活的书包
随时把它

带在身边

无论你走到哪里

它都会

轻松带给你

向往的微笑

赏菊随想

秋霜撒落菊城花
香声游浪涌万家
彩粟初开晓更蓝
金蕊更将泛流霞

奇瓣娇娆造新梦
千言谁解诉于她
莫羡闲采东篱好
葛巾香染建春华

月　饼

月饼
是金色的
我的一个年轮

再一次
用我生活的刀
从内心向外
仔细地
全部切开
分成几份

一份献给我的祖国
一份献给我的母亲
一份献给我的社会
一份献给我的亲朋
一份献给我的爱人
留下一份
珍藏在
我的心灵的光盘里
无论谁需要

都请

随时拿去拷贝

您

爱听的歌声

海燕的故事

海鸥姐

告诉我

海燕会飞

飞得很好看

于是

我去找海燕

想

一睹她的芳艳

于是

我来到海岸

和大海聊天

我问

海燕在哪里

她很忙

大海回答

你不知道吗

采访她的约定

已经排到

二〇三〇年

你看　那么些

撒满在海水里泡澡的

胖女

还有那

挤爆了的沙滩上

太阳伞下

健美的

瘦男

她真的很忙

大海说

昨天

乘飞船去了月球

要把黄金

寄存在

那里的银行里

你知道的啦

货币

贬值了

今天

她坐邮轮

去了南极

取回

千年的净水

这
你也是知道的
其他地方
什么一切
都变味了

后天
她要驾驶飞碟船
去到火星
重新
打造一个
精美的
宇宙般的笑脸

太土里土气了
我心里说道
这也是
地球人的
普遍的毛病
我鄙视
单刀直入地问
她
还会飞吗

好难讲哟

但

她学会了街舞

我

仍不想失望

跳街舞

唱京剧

放风筝

终于

海燕

托人

转给我一条微信

我还会不会飞

不关你的事

当暴风雨来临时

我已经在月亮之上

而你们

一切都皆有可能

快快去找

海鸥姐

帮你成名

当下一场暴风雨

真的要来临时

跑跑步

做做俯卧撑

都是没有用的

地球村

已经没有

你

去打酱油的地方

木棉树和木棉花

我是一棵高高的木棉树
你是一朵红红的木棉花
我是你坚强的依托山岗
你是我华装上灿烂的彩霞

我为你迎接风霜雷雨
挺立在闪烁的烈日之下
我伸展开矫健的臂膀
万众花朵仰望你的光华

我将生命一切都奉献给你
精心哺育你独有的美丽芳华
我不会在乎你的浅薄情怀
匆匆地离别什么也不给我留下

静静地等待你回眸轻轻地一笑
默默地守候来年的幸福的初夏
我守候着三百六十五天的日历
让你轮回地演绎理想的辉煌远大

我多么地希望你紧紧地抱住我
耳语一声你并不想匆匆离去
为了展开你那更迷人的风采
我只会用缄默展现我的豁达

我的伟岸都只是为你的表演
不需要你给我任何的报答
我本是这样的一棵高高的木棉树
你就是那样的一朵红红的木棉花

老总招聘贴身司机

一个山地城市的企业老总

要招聘一名贴身司机

工资和待遇当然都很高

要求的技术必须十分熟练

报名的人多到五位数

经过层层海选和现场考试之后

只剩下三名技术最优良的竞争者

这位老总亲自主持面试

老总问道

当汽车在有悬崖的坡道上转弯驰过

汽车安全开过这个有悬崖的道路时

你们的车轮

可以离悬崖边最近的距离应该是多少

"三十公分！"第一位坚定地说

"十公分！"第二位很有把握地抢着说

轮到第三位司机回答时

第三位司机问这位老总

"我可以说服您选择不走这条道吗？"

老总说道："如果不可以呢？"

这位司机答道

"那么，我会尽量远离悬崖边通过，愈远愈好。"

老总问："为什么？"

这位司机答道

"我要先想到结果，而不是先猜想如果。"

结果，老总握着第三位司机的手说

"你回答得很好，你被录取了！"

在绝望时先抖掉自己身上的泥沙

一头老驴子独自出门找吃的

不小心掉进一口很深的垃圾坑

驴子在井里绝望地号叫哀鸣

由于离它的主人家太远

根本没有人知道它在哪里

倒垃圾的大车和小车

都陆陆续续地开到这里

哗啦哗啦地向坑里倾倒垃圾

这头驴子了解到自己的处境

刚开始哀号得更加悲惨凄凄

后来就不停来回地跳动

本能地抖落了身上的泥土垃圾

每当埋它的泥土落下时

它将泥土抖落在蹄下

总是站到落下泥土堆的上面

在经过半天以后的时间里

驴子上升到井口

这时来了许多好奇的围观者

驴子在众人惊讶的表情中

爬出死亡之地

在生命的旅程中

有时感到绝望

或许又会有人落井下石

此时

悲伤和哀号都毫无用处

这时唯一能做到的

就是在绝望时

先抖掉自己身上的泥沙

并且将它踏在脚下

终必峰回路转

遇难呈祥

狼的陷阱

一匹狼躲在一个山洞里

等待着猎物的到来

好长时间过去了

也未见猎物的踪影

狼想，这一定是陷阱

布置得缺少诱惑力

于是，狼采集了一些鲜嫩的青草

沿路撒着

一直延伸到洞里

狼继续隐藏在洞口

等待着猎物

果然，一只山羊

吃着草，走了过来

钻进了洞里

狼大喜，扑上前去

先将洞口封住

情急之下

山羊向洞的深处跑去

最后，竟然从后面的

一个小洞逃走了

狼十分懊丧

它就将洞内所有的出口

巡视一番后又全部堵住

只留下猎物进来的洞口

然后就躲在洞口等待

果然，一会儿

传来了一阵脚步声

却是一群猎人

蜂拥而入

因洞内所有的出口全被堵住

狼束手就擒

世上的陷阱

起初都是给别人设的

后来却往往陷住了自己

这只鹰像块石头似的滚动

一个人在高山之巅的鹰巢里

拾到了一只幼鹰

主人把幼鹰带回家

养在鸡笼里

这只幼鹰和鸡一起啄食

嬉闹和休息

它以为自己是一只鸡

这只鹰渐渐长大

羽翼丰满了

主人想把它训练成猎鹰

可是由于终日和鸡混在一起

它已经变得和鸡完全一样

根本没有飞的愿望了

主人试了各种办法

都毫无效果

主人还是相信

相信这是一只雄鹰

决定把它带到山顶上

一把将它扔了出去

这只鹰像块石头似的流动

眼看着直落下去

鹰，在生命慌乱之中

它拼命地扑打着翅膀

力求生存

就这样

它终于飞了起来

是生命的欲望的磨练

才能召唤成功的力量

两个垂钓者

有位年轻人在岸边钓鱼

邻旁坐着一位老人

也在钓鱼

两人坐得很近

奇怪的是

老人家不停地有鱼上钩

而年轻人一整天都未有收获

他终于沉不住气

问老人

我们两人的钓饵相同

地方一样

为何你轻易钓到鱼

而我却一无所获

老人从容答道

我钓鱼的时候

只知道有我

不知道有鱼

我不但手不动，眼不眨

连心也似乎静得没有跳动

令鱼也不知道我的存在

所以，它们咬我的鱼饵

而你心里

一边想着鱼

还一边看着我

等鱼上钩，心有急躁

情绪不断变化

心情烦乱不安

鱼都被你赶跑了

又怎会钓到鱼呢

一个人能把握自己

胜券才有把握

不只是看到要做事

还要找到自己成功的方法

征服成功

必先征服自己

用哀怨和焦躁看待世界

必是失败的开端

你可为谁寂寞两千年

有个年轻美丽的女孩，出身豪门

家产丰厚，又多才多艺

日子过得很好

媒婆也快把她家的门槛给踩烂了

但她一直不想结婚

因为她觉得，还没见到

她真正想要嫁的那个男人

直到有一天，她去一个庙会散心

于万千拥挤的人群中

看见了一个年轻的男人

不用多说什么

女孩觉得那个男人

就是她苦苦等待的人了

可惜，庙会太挤了

她无法走到那个男人的身边

就这样眼睁睁地

看着那个男人消失在人群中

后来的两年里

女孩四处去寻找那个男人

但这人就像蒸发了一样，无影无踪

女孩每天都向佛祖祈祷

希望能再见到那个男人

她的诚心打动了佛祖，佛祖显灵了

佛祖说：你想再看到那个男人吗

女孩说：是的！我只想再看他一眼

佛祖：你要放弃你现在的一切

包括爱你的家人和幸福的生活

女孩：我能放弃

佛祖：你还必须修炼五百年道行

才能见他一面，你不后悔

女孩：我不后悔

女孩变成了一块大石头

躺在荒郊野外，四百多年的风吹日晒

苦不堪言，但女孩都觉得没什么

难受的是这四百多年都没看到一个人

看不见一点点希望，这让她都快崩溃了

最后一年，一个采石队来了

看中了她的巨大

把她凿成一块巨大的条石

运进了城里，他们正在建一座石桥

于是，女孩变成了石桥的护栏

就在石桥建成的第一天

女孩就看见了

XIAOYUAN CHENGZHANG SHIGEJI
LAOSHI NINHAO

那个她等了五百年的男人
他行色匆匆，像有什么急事
很快地从石桥的正中走过了
当然，他不会发觉有一块石头
正目不转睛地望着他
男人又一次消失了

再次出现的是佛祖
佛祖：你满意了吗
女孩：不！为什么？为什么我只是桥的护栏
如果我被铺在桥的正中，我就能碰到他了
我就能摸他一下
佛祖：你想摸他一下？那你还得修炼五百年
女孩：我愿意
佛祖：你吃了这么多苦，不后悔
女孩：不后悔

女孩变成了一棵大树
立在一条人来人往的官道上
这里每天都有很多人经过
女孩每天都在近处观望
但这更难受，因为无数次满怀希望
看见一个人走来，又无数次希望破灭
不是有前五百年的修炼
相信女孩早就崩溃了

日子一天天地过去

女孩的心逐渐平静了

她知道，不到最后一天

他是不会出现的

又是一个五百年啊

最后一天，女孩知道他会来了

但她的心中竟然不再激动

来了，他来了

他还是穿着他最喜欢的白色长衫

脸还是那么俊美，女孩痴痴地望着他

这一次，他没有急匆匆地走过

因为，天太热了

他注意到路边有一棵大树

那浓密的树荫很诱人，休息一下吧

他这样想。他走到大树脚下

靠着树根，微微地闭上了双眼

他睡着了。女孩摸到他了

他就靠在她的身边

但是，她无法告诉他

这千年的相思

她只有尽力把树荫聚集起来

为他挡住毒辣的阳光

千年的柔情啊，男人只是小睡了一刻

因为他还有事要办，他站起身来

拍拍长衫上的灰尘

在动身的前一刻

他回头看了看这棵大树

又微微地抚摸了一下树干

大概是为了感谢大树为他带来清凉吧

然后，他头也不回地走了

就在他消失在她的视线的那一刻，佛祖又出现了

佛祖：你是不是还想做他的妻子？那你还得修炼

女孩平静地打断了佛祖的话：我是很想，但是不必了

佛祖：哦

女孩：这样已经很好了，爱他

并不一定要做他的妻子

佛祖：哦

女孩：他现在的妻子也像我这样受过苦吗

佛祖微微地点点头

女孩微微一笑：我也能做到的，但是不必了

就在这一刻，女孩发现佛祖

微微地叹了一口气，或者是说

佛祖轻轻地松了一口气

女孩有几分诧异：佛祖也有心事

佛祖的脸上绽开了一个笑容

因为这样很好，有个男孩

可以少等一千年了

他为了能够看你一眼

已经修炼了两千年

生命总是平衡的
以一种我们了解
或是不了解的方式
问世间情为何物
谁可以为谁寂寞两千年

老父亲的筷子

一个老人是一个老厨师

他的祖辈直到他

都是辛辛苦苦地为当官的做饭

一辈子没有攒下多少银子

老厨师很努力

在他一生中养大了三个儿子

三个儿子虽不聪明出众

不过

他们都会独立地成家过日子

老厨师终于老了

已经躺在病床上有些日子

感觉到他在世只有半天的时光

他赶紧将这三个儿子叫到床边

他给三个儿子讲了许多生活的道理

最后他艰难地从他的枕头下

慢慢地取出六双筷子

老人先递给大儿子一双筷子

说老大你看一看

大儿子坚定地对两个弟弟说

我们兄弟要团结

否则我们就像这双筷子

被别人欺负

大儿子轻轻地一折

就将一双筷子折断

然后不屑地扔到远处

老人又拿出两双筷子给二儿子

说老二你再看一看

老二接过两双筷子对老三说

你看一看

只你两个哥哥团结还是不行的

还要我们兄弟三人团结才有力量

说着将两双筷子轻轻折断

然后不屑地扔到远处

老人将最后的三双筷子给三儿子

说你最聪明

你再好好地看一看

三儿子接过这三双筷子

生气地使劲一折三段

说是贫穷的人团结又有何用

筷子又不能夹到银子

然后再使劲地

将折断的筷子碎屑扔得满屋

老人最后费力地对三个儿子说

你们的爹一生中没有给你们留下银子

只留下祖上传下来的
这六双唐太宗的筷子
是他在玄武门之变的前一刻
六个哥们一起用餐的见证
每一双筷子可以换一根金条
老人的话还没来得及说完
就断气了
临死时候
还睁着一双大眼睛
盯着那些被折碎的筷子

我们不要老是记得别人的故事
亲人一字一句的嘱托
值得我们认真地思考和珍惜
里面都有数不清的金子
我们的生活中听过许多的故事
而最精彩的故事
还是在我们至亲的人
给予我们的人生的讲演和演出

新修的房子

传说

在一个小镇

那里的村民

在上一次地震后

自己修的新房子

这一次又在地震中

全倒塌了

经历过地震的人

又修了会倒的房子

据说

这些修房子的人

都是多年

给地产商打工的人

而地产商

他们的房子都漂亮

而且还卖得很好

这叫俺不由得

想起一个古老的故事

说是

一个上了年纪的木匠

准备退休了

他告诉雇主

他不想再盖房子了

想和他的老伴过一种

更加悠闲的生活

他虽然很留恋那份报酬

但他该退休了

雇主看到他的好工人要走

感到非常惋惜

就问他

能不能再建一栋房子

就算是给他个人帮忙

木匠答应了

可是

木匠的心思

已经不在干活上了

不过

工作和手艺习惯还在

而且还是

习惯地偷工减料

木匠完工后

雇主来了

他拍拍木匠的肩膀

诚恳地说

房子归你了

这是我送给你的礼物

木匠感到十分震惊

太想不到了呀

要是他知道

他是在为自己建房子

他干活儿的方式

肯定就会完全不同了

俺们都不会例外

就好比是那个木匠

每天自己

钉一颗钉子

放一块木板

垒一面墙

轧每一根钢筋

但往往没有竭尽全力

终于

俺们会吃惊地发现

俺们将不得不住在

俺自己建的房子里

人生的每一刻

都是在为自己

做一项人生工程

我们今天做事的态度

磨盘山传说

在很久很久以前

在某山村有一位农夫以采药为生

常在深山采药

有一天

在采药中来到了叫磨盘山的山顶

磨盘山的山顶形状像一个磨盘石

农夫在山顶转了一圈后

发现一个地方像磨盘石的出口下的

石头地面上

有够一个人一天吃的大米

农夫高兴极了

于是就将大米拿回了家

第二天，农夫带着试试看的心情

又到了磨盘石

一看，又有一些大米

和昨天的数量差不多

农夫又将大米带回了家

这位农夫连续几天不采药了

就直接到磨盘石去拿米

有一天，农夫想

能否让磨盘石多出一些米

拿一次可以多吃几天多好

于是农夫准备好工具

第二天一大早

农夫拿齐了工具

来到了磨盘石的地方

将磨盘石出米口凿大

出米口处凿大后

农夫就高兴地回家

等待第二天来取大米

农夫好不容易等来了第二天

这一天一大早

农夫拿了一个大的袋子就直接到了磨盘石

一看，今天怎么没有米出来呢

农夫不死心

连续两天来到磨盘石

都没发现磨盘石吐出来大米

从此磨盘石再也不会出米了

上天不是不想馈赠给你更多的

而是你原来就只能值得这么多

男人只有一滴眼泪

有个女孩非常希望能看见自己的男朋友的眼泪

那个坚强的男人从未在她面前流过泪

日子一年年过去，他们的幸福让女孩愈加好奇

究竟在什么时候你才哭一次呢

傻瓜，别试着想看见我的泪

真有那一天，那么肯定是有非常悲痛的事情发生

他懂她的小心眼，却又忍不住笑她的纯真

女孩的好奇得不到满足

她想知道男人的眼泪是什么样的，究竟是苦是咸

上天给了她机会，天使光顾了她的家

真的想看见他的眼泪吗？天使问她

能有办法吗

可以，不过你会消失几天

我上哪儿去了呢

你变成了空气中的水，但你能时刻地陪着他

可以天天地看着他，你愿意吗

女孩瞬间变成了空气中的水，一切变得新鲜

先看看他现在在做什么

停靠在男人房前的窗户上

她看见男人正在辛勤地工作

计算数据，制作图表，忙得不亦乐乎

忽然他走到了电话机前，她想起

每天晚上十点他们都会通个电话

他打不通电话会怎么样呢

她愈发好奇，瞪大眼睛看着

果然他拨了好多次都没人回应，这么早就睡了

让她睡个好觉吧，男人嘴角浮现出温柔的笑容

她却有点失望，为什么不着急呢

第二天，男人准时上班下班

忙碌了一天，回到家马上又给

女孩打了个电话，仍然无人应答

男人开始不停地打电话，打遍了所有朋友

和亲戚的电话，没有人知道女孩去了哪里

男人似乎有点急了，在房间里走来走去

她在窗口有些幸灾乐祸

男人穿起外套，甩门而出，她紧随其后

先来到了女孩的家，大门紧闭

邻居说昨天晚上就没见到她

女孩父母的家中，两个老人以为他们俩在一起

看着二老鬓角斑白

他不忍告诉老人她失踪了

看着他眼角的焦急，她有点后悔了

整个晚上，他没睡觉

他找遍了所有他们约会过的地方

到处都有她的身影，可又找不到她

一夜的奔波让他憔悴了一大圈

连他一向整洁引以为豪的下巴也长出了胡子

他累了，瘫倒在沙发上

她忍不住想摸摸他的胡子渣，想给他盖条被子

可她只是空气中的水啊

她想对天使说，我不想看见他的泪了

让我变回人吧

可天使没有再光顾她的家

第三天，男人依然要上班

可是眼里没有了以前的光彩

走着路会突然转过身找什么

她以为他发现了自己

可她只是透明的水汽啊

她只能笑自己的纯真

男人下班后不再直接回家

而是来到了他们约会的老地方

那儿有棵老梧桐，他坐在梧桐树下的

座椅上，显得那么孤单

他好像在想些什么，在等些什么

你会出现的，对吗

第四天，男人又来到了这里

并带来了一块小玻璃石

里面还有一艘小帆船

他不发一言，只呆呆地望着玻璃石

她想起他们说好以后要一起出海旅行

第五天，男人没来

她在他的床上找到了他，他在睡觉吗

看着他苍白无神的脸

她心痛得快死去，天使，你归来吧

第六天，男人把玻璃石扔进了大海

让他的心一起沉入大海，她一阵心酸

天使，让我变回人吧

天使终于来到了她身边

太晚了，你马上就要离开

这世界，和他吻别吧

她的泪瞬间落了下来

一周的消失就让他憔悴成这样

要是自己真的不在了，他该怎么办

她吻了吻他的唇，发现他的唇上

有了一滴泪，那就是自己

原来男人的眼泪就是她

她大声叫唤着

不，我不要离开

还好，那只是一个梦

她在庆幸的同时告诉自己

再也不要看见男人的眼泪了

因为那便意味着自己的消失

女孩尹惠清

一个偶然的工作机会

要去深圳邻县的一个乡村

刚好派给我的司机就是该村的人

车里只有我们俩

司机是个中年汉子

人很热情实在

技术很好

他和我说话极少

我也不好问长问短

小型长城越野车

飞过时空隧道般的高速路

驰过灯红酒绿装点的都市

越过繁华市场和漂亮新村交织的集镇

于是

汽车在布满浓绿如盖的巨大荔枝树的田地间

在两旁长满高高的青草的

只能通过一辆车的

单行道上慢慢地穿行

车第一次停下来时

是这乡村混凝土道路的尽头

在这路的尽头

是一个村口

村口有一座漂亮的古庙

古庙旁是一棵古榕树

看起来古榕树的树干早已作古

几人合抱粗的三根树枝

成了它现在的主体

树并不算高

但显得十分苍老

原来地面早已完全铺上了厚厚的混凝土

空中的枝头伸出了应有的气根

不知被谁割去了一大截

像一位久不修边幅的老人

给人以垂暮和沧桑之感

如此一来

古榕树的未来生存不免令人担心

当我发现了树上钉有一块古树保护标志牌时

于是兴奋的我从车里走出来去细看

标志牌上说榕树树龄一百三十年

这时一个戴眼镜的白发老者对我说

这树都一千多年了

连这个后来才有的庙都已三百年了

我对老者郑重地点点头

在司机的督促下
我回到车里
正式进村了

窄窄的村道
刚好驰过一辆小车
在前车窗
可以看到道路上原始古老的块石
古老的块石被磨得十分平滑
汽车在上面行走
并不觉得颠簸
从左面的车窗
可以看到村民们的
古旧的明清时代的山墙压顶
墙壁大多是由石块和青砖砌筑的
窗户都做得很小
也有人家的房屋是被改造过的
那似乎是多年前加了层钢筋砼楼板
但那原有的古老墙体还是可以看得出来的

从右面的车窗
看到了一个不太大的平台上
有四根古时才有的拴马桩
在这四根拴马桩上
有几头吃饱了的耕牛

或立或卧或闭目养神

迎风飘来的浓浓的牛粪香味

使我不由得回忆儿时

去农村亲人家玩耍的美好时光

再往外去

便看到了用三合土砌筑的

又厚又高大的围墙

我想

这应该是古代小说中的护村围墙的痕迹

于是我好奇地向司机求证

司机很明快地回答说

没错

听老人说过

有一次

来了三百多人的土匪攻打两天两夜

最终还是没能攻进村子

前面再也无路可走

汽车最终停在一棵

一人抱不下的古老荔枝树旁

老荔枝树的根

有三分之一悬空裸露在土的外面

它使我想到

不只是人的生活才有艰难和辛酸

离老荔枝树四米多远之处

是一个有几亩地大小的水塘

水塘的四周

被高高的荔枝、榕树和矮矮的农屋环绕

可能是久旱无雨

水塘的水似乎不深

快要见底了的样子

在水里有一大群鸭子

在惶恐地边游边粗声地高叫

有几只大鹅也在为鸭子们帮腔

原来是有一群人在拉网打渔

渔网已经快要拉到岸边了

网里的鱼很多

还有少数勇敢的鱼儿从网内跳出

但大多数鱼儿顺从地躺在渔网里一动不动

打渔人把许多鱼从网里抓出来又扔进水塘

我不解地问司机为什么

他说，这是因为太瘦了没肉

司机上前和网鱼的人打招呼

就用树枝串了四条最大最肥的

也有别人各自拿一条大的

其他的鱼都被放回水塘里游走了

我问为什么卖鱼不用称呢

司机对我说

这里的鱼是大家的
只分不卖
今天这鱼是专门为我俩来到而捞的

司机提着鱼
引领我走到一个农户门前
司机说，到啦
你进屋去坐吧
一个看起来精明能干的中年农妇走过来
接过鱼就去杀了
而我却稀奇地看着一群一模一样
毫不认生的金黄带点宝石蓝色羽毛的母鸡
在我的脚边走来走去
司机于是就去泡茶

从门外向大门里看
堂屋不大
最多有八平方米
两套简易现代式沙发和茶几
冰箱彩电 DVD 影碟机
还有几张青春偶像的彩贴
与黑旧的墙壁，杂乱的电线
形成有趣的对比
屋内再也没有别的房门
靠最里边有一座木梯，通到二楼

从梯口向上看

能看到堆得很高的粮袋

堂屋大门对面一米半远

就是厨房

有四平方米的样子

堂屋的大门

也大概只有一米宽两米高

二十世纪五十年代以前的木门

又给我古老的回想

当那一群漂亮的母鸡

在院子内一棵荔枝树下午睡的时候

堂屋里的大圆桌上

早已摆满了大盆大碗的客家菜

有八个人围着圆桌坐定

那个做菜的能干的女人坐在我的左边

我的右边是那个阳光的中年男人

我的对面是一个穿校服的

漂亮的女中学生

司机和另外的人坐在一起

我们都在大谈菜的鲜美

和新米做饭的香甜

谁也没做自我介绍

只有那个阳光的中年男人

不停地给我添米饭

饭后，大家又散去了

我和司机在一起喝茶时

我问道

这是你的家吗

不，不是

这是我妹夫的家

那个女人是我的妹妹

给你添饭的男人是我的妹夫

那个漂亮女孩子是他们的女儿

他们都各自忙活儿去了

此时

我真的显得好笨好傻

此时

我一句话也不会说

我的目光四顾

希望哪怕能找到一个话题

突然

我看到我对面的墙壁上

有几十张贴得很整齐的彩色奖状

我细心地一数

一共二十一张

于是

我急忙走近细看

原来这些奖状

有的是三好学生奖

有的是优秀表现奖

而这些奖状

时间跨越十一年

都是发给同一个人

——学生尹惠清

我于是转过头来问司机

刚才一起吃饭的那个女孩子

就是尹惠清吗

司机说

不是

她是尹惠清的妹妹

尹惠清呢

她在上大学吗

她在政府上班吗

她在做技术工作吗

我一连串地问

不

她现在在外地打工

冬天又来了，你的貂皮大衣还在吗

有一对邻居
关系是很好的
两家的儿子一样年纪
是一对好伙伴
都在一起念书
在同一所学校里

居住东边的是王家
王家主人在城里卖楼
居住对门的是张家
张家主人是个体户
在村里养牛
王家住的是别墅
张家也盖洋楼
王家有一台宝马
张家也买一辆QQ
王家儿子上了名校
张家儿子也同班就读
王家儿子穿的
张家要买到相同的

该花的钱总还是要花的

张家人心里舒服

这年冬天到了

星期天孩子串门

王家仔一身貂皮大衣

德国仿真丝里衬

天山细羊毛作芯

温暖而又轻盈

张家仔是猪皮夹克

张家感到寒碜

老两口一合计

去找专家咨询

卖掉两头奶牛

把大衣送进校门

该花的钱总还是要花的

张家人心里高兴

转眼春节到了

王家仔来张家行礼

改穿貂皮短褂

材料还是同样高级

张家仔还穿着长的

有点不合时宜

张家看在眼里

默默记在心里
这点事情好办
裁缝来到家里
长的改成短的
儿子又有穿的
人要不想笨死
又有啥子难的

冬去春天来临
燕飞柳絮山青
王家仔又来张家
邀请哥们儿出行
改穿一件马夹
材料还是同样
张爸出来搭话
下午出去好些
张妈又找裁缝
短褂改成背心
两仔又双双出门
张家人心里高兴

时间过得飞快
又是秋去冬来
王家仔又来张家
找张家仔玩牌

还穿去年那件大氅

只是干洗了一遍

王仔说楼盘卖得不好

资金有点紧张

老爸说今年穿旧的将就

情况好点再买

你张仔的那件也不错

天气这样寒冷

怎么你还不穿戴

张仔他爸妈都不在家

张仔边玩边说头也不抬

两头奶牛都卖出去了

在那边过好日子

它们不肯回来

剥开失误的里面看看

在到处都是狂热赚钱的潮流里
十六岁的范德比尔特离开了学堂
要到外面的世界去独自闯荡
他从他母亲那儿借了一百美元
来到了美国的黄金海岸纽约湾
当他听一个商人说地产很容易发财时
于是就用这笔钱
买了一大片便宜的土地
范德比尔特感到自己很幸运
可是，当他去领取这片土地时
发现这片土地在海水覆盖之下
因为已经签约不能退还
要想卖掉也是难上加难
懊丧的他将这件事告诉了他母亲
范德比尔特的父母是一家农场主
母亲对范德比尔特说
生活里的每一件事都有几个面
要赢是做事的最核心的一面
事情没有开头就不能说会失败
你要剥开失误的里面仔细看看

也许能找到要赢的答案

范德比尔特又回到他的那片海

他的这一片海

是一片很大的浅水海滩

他发现那里有许多大小货船

因为装卸货物到岸都非常麻烦

于是他联合船主

在他的海域建造了一个大码头

创立了纽约湾第一家渡轮业务

赚到钱以后又不断地扩建

接着又开辟了一百多条航线

他的生意做满了大纽约湾

范德比尔特每到事业最低谷时

他都剥开失误的里面仔细看看

他找到了他成功的新的创造

他征服了大批挑战对手

他承受起掺水股票陷阱的暗算

他结盟石油之神洛克菲勒

最终成为美国铁路业最大巨头

他的成功不全是幸运之神的光顾

主要的是他总要赢的性格和智慧

种香蕉的尹大哥

自称是种香蕉的尹大哥

四十出头

地道客家人

地道客家话

个不高

脸不黑

衣无尘

鞋无泥

身体壮

眼睛大

嘴唇厚

总带微笑

我在校门口巧遇他

特意找他聊天

听说我从未见过香蕉园

也不问我什么目的

就豪爽地对我说

好哇，那就上车吧

于是

我就登上他崭新的东风日野

高兴地出发了

尹大哥的香蕉园
在郊区
在村道的尽头
再开十分钟的泥土路
泥土路直伸进香蕉林中
高高的香蕉林用宽大的绿叶
撕碎了车道上空的炎炎阳光
变色了的光彩板
淡雅地散乱地
铺成了这香蕉园窄窄的车道
车前的蕉林展去很远
车道的两旁的蕉林
都看不到边
有几百亩吧
我大胆地估计了一个大数
哼，几百亩
够干什么，够我吃饭么
在尹大哥的鼻音里
我于是自感犯傻了一回
就在专注看香蕉树时
却看不到金黄色的香蕉果
只见每一棵香蕉树
每棵都背着一个硕大的蓝色背包

香蕉呢，我问

有哇，你没看吗

都在蓝色的塑料袋里

为什么呢

好看，漂亮，好卖

还用问吗，真是的

我又在尹大哥的鼻音里

又自感犯傻了一回

当我要从自卑的阴影里出来时

我发现了一个令人振奋的奇景

那一眼望不到边的香蕉林

一棵棵的香蕉树

个子是那样的整齐划一

那样的整齐划一的香蕉树

一棵一棵那样整齐地排列

那样整齐排列的香蕉树

每棵都背着一个那样整齐划一的背包

那香蕉树宽大的叶片

就像一个个威严的军人

高高举起手臂

在向他们的统帅敬礼

这一眼望不到边的香蕉林

就像临阵出发前千军万马的军队

正在接受我们的检阅

我崇敬地看看尹大哥
我的心也被自我地崇敬了起来

当汽车刚开出香蕉林时
喀哧，突然一个急刹车
抬眼一看
原来是一群五彩的小猪
在车道上玩耍
那小猪的个头都在二十公分左右
肥嘟嘟的
摇晃着八字步
休闲而慢悠悠地嬉戏
只见那群小猪
我从来没有见过的色彩
有的白，不是纸的纯白
而有如清晨的江雾
有的红，不是那大红
而有如节日挂出红灯的红纱
有的粉，又不似那桃花
而就像那飘落在水中的粉红丝巾
有的黑，又不是纯墨
而有如画家笔下的远山
而最可气的是
跟在大队伍后边的那个头最小的一头
东瞅瞅西望望

不好好走道不说

你看它那棕色的毛

长长的

炸炸的

就像在 T 形台上走步的

青春模特儿的发型

看到这一群小猪的快乐

于是我又怀念起我少儿时代

小猪般无忧无虑可爱的快活生活

这群猪是你的吗

原则上属于我

你种香蕉还养猪吗

不是我整的

我也"蒙差差"

工仔们下班无事

就想到用香蕉园种点菜养只小猪，

买了猪苗没想到是母的

整出这一群花猪仔

我只管给工仔们发工资

他们业余时间那些七七八八的事

我也是管不着的

说着，顺便按了按汽车喇叭

花猪仔们也不惊恐

先是回头瞅瞅

然后一溜小跑

大概是找它们的妈妈去了

汽车停在一大丛叶子花树旁

透过红红的叶子花的间隙

可以看到几大间用竹竿搭设的房子

这房子的门口

有一条银灰色的大狗

和一只深黑色的小猫

它们一左一右雕塑般地不动不叫

一双警备的眼

紧紧地死盯着我

一只肥大的金芦花母鸡

带着一群它的儿女

从我的脚边若无其事地走过

房子后面便是几簇高大浓密的竹林

房子四周有菜地

几株矮而粗大的木瓜树挂满了绿果

这一切都在香蕉园中心的

几亩地宽的圆形的空地上

可能是因为我们的到来

数百只花雀

腾空而起

到了高空又慢慢地散开

飞向远方

随鸟儿望去

远方的山如张大千手下的泼墨

飘浮在由西枝江面腾起的薄雾之上

纱巾一样的云彩

在高高的蓝天上曲卷游动

一抹一抹淡雅的红霞染在这云上

天色慢慢地暗了下来

当我们进屋坐定时

天就慢慢地黑了下来

在尹大哥陪我品他的功夫茶手艺的闲暇

两个青年人便与他用客家语对话

对话的细节内容我不是很明白

但主要话题我似乎懂得一些

大概是银行又来催贷款了

村长又来追土地的租赁费了

明年的种苗费现在该要预交了

工人的今年的工资还没着落该要准备了

还要准备请农业专家的新科技费用

尹大哥突然问我

你也听得懂客家话吗

我说，懂得少少

他说，没事的

车到山前必有路

到时候我自然会有办法搞掂的

我不解地问

今年受灾了吗

没有哇

你的香蕉卖不掉吗

没有哇

你把资金挪用了

没有哇

那是为什么

那是因为今年香蕉大丰收

他微笑着对我说

今年大家都丰收了

大家就都卖不出价钱

就要赔钱的

你卖多少钱一斤呢

去年五角一斤今年两角五分一斤

不对吧，大哥

去年我买一斤两块钱今年一斤一块九毛八

那是你们在超市的零售价

要是那个价，我就发达啦

你说的那个价

不是我们果园的出售批发价

你不懂的，叶老弟

你们种香蕉最怕什么，我问

那就多了，他说

春天怕江水泛滥

半年没收成

夏秋怕台风

一年没指望

冬天怕冰雹

白白干一年

丰收年也怕

太多卖不出

猪都不想吃

嘿嘿嘿嘿嘿

他大笑起来

我说，那你为何还种它

我乐意种的

这是一种快乐

做事有赔有赚才行

手头的钱有出有进才好

就像你们玩股票

有涨有跌有富有穷才有快感

玩得有心跳才刺激，是吧

你这茶挺不错的，我说

尹大哥，来来来

你再重新泡一壶

把你的功夫好好露一手

我们好好品几杯吧

突然有人高声喊叶老师

原来是尹大哥

在我校读书的儿子尹建利

尹建利尴尬地问

你到我家里来干啥

我说我是特意来收学费的

尹大哥说打算贷款还学费

儿子他说没钱就不要读了

回家帮我种香蕉

中途退学是要重罚的

我恶狠狠、咬牙切齿地说道

我顺手给尹大哥看一张纸

拿去，这就是罚单

尹建利看后呜呜地哭了

尹大哥看后哈哈地大笑

原来是今年新季节香蕉的订单

尹建利一下子紧紧地抱住我喊道

叶老师是个大骗子

爸，我们俩一齐收拾他

一片落叶的天堂

树在河岸上

河岸上的落叶

越积越厚重

起风了

一片叶

落入水中

波推揉着它

渐渐失去

行踪的方向

水里

叶抗争着

不愿意

沉入水底

它不停回忆

在树冠上

与伙伴们

那段辉煌的时光

还有那些

不堪回首

滞留岸边

枯燥的日子

平庸而失落

于是叶挣扎着

挣扎的树叶

终于

爬到岸边

那些

春去秋来

年复一年

老的新的积叶

相聚在岸边

讲着许多叶

漂走的故事

其他的

积叶都慢慢地

化作泥土死去

这些故事就这样

在积叶里

代代相传

而这片叶

在思考着自己

不想这样

悄悄地死去

有一天

狂风大作

大雨下个不停

河水迅速地上涨起来

一群蚂蚁被水包围

叶自己游过去

靠近蚁群

让蚂蚁们都来了

叶子

顿时成为一艘大船

载着蚁群

渡过汹涌的河流

找到了

它们新的家乡

而叶子

再也不是

从前的叶子

已不再随波逐流

幸福地停靠在

自己理想的

天堂

雁，飞来飞去

我驾驭着冲动的自己

像是一只痴情的鸿鹄

专门在两个季节里

不停地

飞来飞去

一个是春季

一个在秋季

在春季里

我辛勤地种植

种植花儿一般的梦想

在秋季里

我努力地收割

收割金色闪烁的谷穗

往年南飞的雁

今年又飞回来

通往梦想的阶梯

走过蜿蜒远去

还没有看到终点

不定的场景

却总被设在角落

显得无能为力

当时的欢快

昨日的约定

找不到替代

原谅我不归乡里

难忘那阳光下跳跃的步子

珍藏了白面婚纱

暂别了香槟倾洒

等待着的祝福

阔别了我爱的你

送走，迎接

在同一片人群中寻觅

可否感知我就在你身边

空待只字片言

那也许就是碧簪蓝玉

多想用全部的生命

换来再次回眸相对

争取，归属

支撑，等待

都随大雁飞来飞去

季节变换的天空

描写着

生命中的梦想

为的是那一个你

世 俗

经过半年的应对考核

今天才得知

被聘为高级教师

心里甚是高兴

教学科研各方面的努力

加上自己学生的升学率

好像只有这一刻才能得到肯定

一种荣誉和物质的满足感

整整地充斥着我一天

下午接小宝同学放学回家

第一次畅快地满足要求

去麦当劳买了甜筒

在王家鸡煲吃了晚饭

打算在市场买些水果回家

在水果摊旁

小宝看到了甜秆

执意要买

生活的小感触

嘎嘎

洒脱地掏钱

于是就买了一根
由小宝高兴地肩扛着
唱着儿歌回家
这真是人生得意
花繁叶茂
春色满园

回家与守望

漫长的暑假

大苗一个人跑回家去

那个家是她的故乡

荒凉且凄美的地方

同样也是苍凉和野性的美丽

永远不会消磨殆尽的地方

不管怎么说

总是要开学的

总该有回校的日子

于是乎

好像只剩下俺这一只

城市里的狗子

继续地坚守在这个城市

这条送快餐路上

广告里说滥了的梦想

今天终于停电

终于有了打电话的理由

得以阴谋得逞地打了电话

不过似乎是发现

大苗说话似乎是很不方便

呜呜呜

只好咬咬嘴巴

让自己的嘴巴成了

关闭了拉链

大苗什么时候回来呀

开始想你了

不光是在夜里

也在吃泡面的日子

也在听歌的时光

我也还是一个人，你快回来吧

你要离开我去远方
到一个很遥远的地方去
在那里，你可以发挥所长
你爸说，为了你的学业
你妈说，为了你的将来
我舍不得你走
可是，我要留在这里
这里有我的学业
可以给我一点时间吗
跟着你走
我只能做你身边的恋人
虽然我也喜欢这样
但你知道
我不甘心就这样
做一个依靠女人的男人
我最宽慰的
是你明白我
最内疚的
也是你明白我
你让我做自己喜欢做的事

两地相隔

是一场赌博

我不知道你会不会变心

而我又会不会变心

追求梦想

总要有所牺牲吧

有一天

我们会重聚

离开之后

我想你不要忘记的一件事

就是不要忘记我

想念我的时候

不要忘记我也在想念你

我想念你的时候

我想你不要忘记我的梦想

因为这个梦想

我们才会暂时分开

我是为一个梦想而跟你分开生活

不是为另外一个恋人

我想你不要忘记我的笑容

我想你不要忘记我的眼泪

我想你不要忘记你一个人的时候

我也是一个人

我想你不要忘记即使你忘记我

我也不肯忘记你

我现在还是一个人
我在等你
你快回来吧

橘花的香味

我心里一直数着日历

算算橘花今年是不是开了

就问起了花工阿牛

今年的橘花开过了吗

阿牛调皮而轻松地笑着说

还没有，应该快了吧

听了阿牛这句话

顿时心里踏实了许多

还好，我没有错过今年的花期

我郑重而友好地向阿牛说道

别忘了带我去你那里看橘花啊

一个著名诗人有首《橘颂》

表达了自己追求理想的坚定意志

橘与诗人的形象之间有着紧密的联系

体现了诗人至死不渝的精神

体现了诗人高洁的人格形象

橘树造就了一代品格高尚的诗人

成就了一段忠贞爱国千古佳话

从此以后中国人的传统节日里

便有了一个有着特殊意义的节日——端午节

柑橘花蕾期

绿色细小的花蕾有绿豆般大小

随后逐渐变大似一个小巧精致的灯笼形状

颜色也由绿色渐渐变为白色

细小的花躲藏在茂密的枝叶之间

像个怕羞的小姑娘

虽是那么不起眼

可香气绝不比那些名贵的花差多少

相反正因为她的朴实和无华

反倒叫我格外地垂怜

阿牛也许是工作忙

早已把他对我的承诺抛到九霄云外了

这些天总没有见他提起

也许是这些时日天天惦记着的缘故

清晨早早地起床

为的是不要错过记忆中的那一缕淡淡的清香

也给自己一份好心情

雨后的天气，春天的新绿

一切都是那样叫人舒服

我特意沿着有橘树的江畔行走

空气中一阵阵清香让我一阵激动

我深深地吸了口这带着芳香的空气

不禁转身重新走入那片橘树林

我要确认一下

那是不是我心中渴盼已久的橘花的馨香

果不其然

真是我这些天心里记挂着的橘花开放了

我走近橘树，近距离地观察

近距离地感受橘花的芬芳

白色的花

有的已经完全开放

有的则是含苞待放

洁白的花那样素洁，那样清新

不染一丝纤尘

就那样坦然地开放在我的面前

开放在这个清晨

我在开花的橘树前静静地站了很久，很久

多想伸手去触摸一下她洁白的肌肤

多想采下一朵留作永久

可是我没有勇气伸出我的手

我怕碰碎了她那做了一个冬的梦

于是我终究还是选择了做她的一个匆匆过客

橘花开了，香了我一春的梦

春天已经来了一些时候了

象征春天的花儿也在竞相地开放着

颇有些你也不让着我

我也不让着你的味道

先是桃花

接着就是李花

杏花什么的

或许是客居南方

竟然有了几分隔世的感觉

对季节的更替

什么时候该开什么花

居然有些模糊不清了

只有橘花的香味让我感受到了真正新的春天

巧珍的故事

巧珍前夫英年早逝后

巧珍又梅开二度

可偏偏遇到了最痴情的丈夫和最执着反对的婆婆

十年，甜蜜与痛苦并存

巧珍咬紧牙关终于等到了婆婆的肯定

可是婆婆突然去世又使她的心头蒙上了一层阴影

事情已经过去三年了

可是巧珍仍然不能原谅自己

如果巧珍和田野不那么坚持

如果巧珍能多跟婆婆交流交流

也许她就不会

巧珍的内疚之情溢于言表

事情都是来得那么偶然

丧夫之后又遇到爱情

那年巧珍十八岁

因为懵懂无知做了傻事有了身孕

荒唐的十八岁啊，好在她和他彼此相爱

好在他的家人通情达理

风光地操办了巧珍的婚事

巧珍怀着虔诚的心决定和他丈夫春好好生活
却不知道老天的戏弄远不止这些
为了养家，春放弃了上大学，出外谋生
因为工作出色，春被安排去新疆出差
没想到，这一走竟是永别，春出了车祸
那时正是深秋
凄冷的风在脸上吹着，可巧珍竟毫无感觉
家里到处都是春的影子
巧珍常常会在深夜梦到春
然后流着泪醒来，睁着眼睛熬到天亮
三个月后，孩子出生了
又是一个月，巧珍带着孩子回了娘家
爱情在最灿烂的时候戛然而止
留下的全是美丽的回忆
巧珍躲开了春生活过的环境却躲不开思念他的心
父母不止一次劝巧珍再嫁
巧珍却抱着回忆，死死不肯放手

一九八九年，通过同学介绍
巧珍来到了深圳
新的生活，忙碌的工作
巧珍变得开朗了许多
那天同学把巧珍叫出来吃饭
一起的还有一位男士
同学介绍他叫田野，是大学生
当时巧珍并没在意

后来才知道同学是在为巧珍牵线搭桥
可巧珍拒绝了

谁知，流水无情，落花有意
那次见面后，田野开始频繁地约她
而她总以忙为借口拒绝田野
岂料，田野更执着了
还特意买了时髦的手机送给她
巧珍百般推辞
田野却留下手机号码跑了
让巧珍哭笑不得
手机每天都响个不停
巧珍知道那些都是他打的
巧珍却始终没有回过
他干脆跑到巧珍的店里
帮个忙啊，聊聊天啊
生活因为这个插曲而变得颇有意思起来
闲时，巧珍也会考虑一下今后的事情
可田野是大学生、干部子弟
巧珍自己却是从农村出来的
还带着个孩子
不管是哪一方面都不般配
长痛不如短痛，终于
巧珍还是决定跟他说个清楚
那天，巧珍破天荒地答应和田野约会
饭桌上巧珍把种种不般配都罗列了出来

田野却不改初衷
最后巧珍不得不告诉他自己有个五岁的儿子
田野愣了，没再言语

巧珍以为田野终于打了退堂鼓
谁知他却在三天后又出现了
我想好了，小宝虽然不是我亲生的
但养跟生一样，我能保证不再要孩子待他视同己出。
田野认真的眼神和坚定的话语让巧珍吃惊
巧珍不敢想象自己和儿子会被这样宽容的人所接受
几年被封闭的心
在那一刻终于感受到了光明
后来，田野兑现了承诺
他先给巧珍换了大房子
然后接儿子过来
还安排好了幼儿园
那个时候
巧珍承包了个食堂非常忙
田野就主动承担起接送儿子的任务
周末，他还带巧珍和儿子去公园玩
看着儿子高兴的样子
别人羡慕的眼光巧珍心里有说不出的欣慰

几个月后，巧珍去见了田野的母亲
虽然不太自信
可他母亲的和蔼立刻消除了巧珍的担心

但是不久后

巧珍就发现他母亲并不知道巧珍有儿子

巧珍不想隐瞒

跟她提起了这件事情

他母亲吃惊的神情难听的话语

她这辈子都不会忘记

可是巧珍不怪她

同样身为母亲

巧珍能理解她

第二天，巧珍就带着儿子离开了深圳

巧珍不想让田野夹在中间为难

可是，没告诉田野

田野竟然在第三天就追到了巧珍家

巧珍让他回家

可他只有一句话"你住多久我就陪你多久"

他这一住竟是半年

就这样他们回来了

还在田野的坚持下领了结婚证

以为生米煮成熟饭，他母亲就会慢慢接受

没想到，关系却因此更加恶化

矛盾一步步演变成了不可解决的痼疾

十年的生活是一场甜蜜与苦涩的历程

田野给了巧珍从未有过的幸福

可婆婆也给了巧珍从未有过的难堪和中伤

她还暗暗给田野介绍过对象

是田野以死相逼才没成功
恩怨了结巧珍却背上心理包袱

二〇〇三年，婆婆被检查出患了胰腺癌
巧珍一听说就跑去了医院
一日三餐、翻身、擦身、端屎端尿
巧珍全部承担了下来
没想到，这几个月的相处
竟化解了多年的积怨
婆婆说，等她病好了
要给巧珍大办一场婚事
那一刻，巧珍忍不住泪流满面
可是，巧珍却没有等到婆婆好的那一天
半年不到，婆婆就离开了人世
终于不再有人反对巧珍了
可巧珍却背上了沉重的包袱
巧珍总觉得
是自己把婆婆气成这个样子的
无以复加的内疚日夜折磨着巧珍
新的生活向巧珍张开了双臂
巧珍的心灵
却怎么都进入不了它的怀抱
生活就是这样
被爱追赶着奔跑的人儿
甜蜜和辛苦总是要并存的

戒不掉你

戒不掉可乐
其实是戒不了感觉

戒不掉唱歌
其实是戒不了寂寞

戒不掉游戏
其实是戒不了输赢

戒不掉读书
其实是戒不了生活

戒不掉学习
其实是戒不了未来

戒不掉你
其实是戒不了情投意合

浣溪沙·酒菜

一弯新月照楼斜
今日阳光昨雪在
日历翻来知几页

江河无意唱春瑟
红枝绿叶为谁改
终是酒菜味香色

花里人生

一天，去同学家

见他家阳台上养了不少花

其中有一盆，花盆特别精致

可里面的花却快枯萎了

我问，这花怎么长成这样

同学说，这花叫薄荷

一天他去一位爱养花的朋友家

见了这薄荷，便喜欢上了

于是向朋友要了过来

由于心生喜爱

把它放在阳光最充足的地方

每天给它浇水施肥

这薄荷却不争气长成这样

你怎么不去请教那位养花的朋友呢

我提醒同学

过了几天，同学打来电话

高兴地说

那薄荷开始长好了

重新有了生机和活力

我问他是怎样把它救活的
同学说，那天我走后
他打电话给那位爱养花的朋友
朋友告诉他
薄荷并不需要太多阳光的照耀
也不需要过多水和肥的滋润
只需给它一个阴凉的角落就够了

我从薄荷想到了人生
其实，人生有时也跟这薄荷一样
过多的爱，过好的享受，
反而是一种负担是一种伤害
人生如花需要一定的平静与清凉
带来的是生机和活力
用一种清凉的心境去努力
才会带来生长的成就和快乐

农耕四月天

初秧的田野
芳菲盎然
掩映在蓝天下的青绿
任交错纵横的阡陌撕成小块
化作如
银河中的翡翠

清澈的一江春水
伴鸟儿的歌声呜咽低鸣
浅处的石块
偶尔溅起了飞花
旋即是
碎作满河白玉

低矮的农舍
错落有致在青青的山坡旁
疏疏的篱笆内
几只小鸭正褪换新毛
屋顶腾升起的一袅炊烟
悄悄地

带回了荷锄的主人

乡村小道
蜿蜒在远方的暮色里
隐约传来单车的铃响
是回家的学生娃
远去了
把年轻的气息留在路旁

农耕四月天
我掬怀一份心情
陶醉其中
深深地呼吸
彷徨间
书包在肩流连忘返

我真想忘了你

我真想忘了你
于是我搬走了那一盆
你送给我的
阳台上盛开的鲜花
然而
绿茵的叶子更加翠绿
红艳的花朵越鲜红
在我记忆的原野上
无边地蔓延生长
看不到停止的边际

我真想忘了你
于是我躲在阳光下
你的背影里
隔绝曾经缠绵的雨季
然而
丝丝飘着的细雨丝丝不离
江河如泪汇聚成波涛的泪水
在我的无际的心海里
你是那闪亮着的一座灯塔

将心爱的彼岸扩展到无际

我真想忘了你
于是用每一个文字的笔画
涂改你的笔迹
来覆盖你我写过的日记
然而
定格在生活细胞里的格式无法删除
期待的信息已不可更改
快乐和痛苦都如此难离
我生命的分分秒秒都在祈祷
我真想忘了你

阿花不想出嫁

猫咪阿花可爱的阿花
远近闻名
住在二十楼的宝宝
每天都来抱抱她

娇气的阿花美丽的阿花
珍奇毛发
浅蓝底色金黄兰花
封面摄影拍过她

出众的阿花气质的阿花
小区有名
清晨在草地上散步
儿童都找她说话

风流的阿花大胆的阿花
十分时髦
不穿主人买的外套
到处喧哗

乖巧的阿花聪明的阿花
很会说话
不同主人不同歌声
主人们抢着搂她

高贵的阿花品质的阿花
豪华的家
专属卧室真皮沙发
最贵的猫粮喂她

烦恼的阿花倒霉的阿花
郁闷的她
听说主人要她出嫁
两哥哥在反对她

阿花的大哥阿黑哥老大
威武灵猫
捉鼠功劳威震全家
口无遮拦嗓门大

阿花的二哥阿白体形大
纯正波斯
整天独自研究八卦
大小事从不发话

骄傲的阿花聪明的阿花

逆向思维

白不捉鼠黑乱讲话

打个报告处分他

膨胀的阿花失算的阿花

倒霉的她

消息泄露哥俩恼啦

联合起来撕咬她

无助的阿花孤独的阿花

痛苦的她

兄妹反目主人没法

只好决定她出嫁

伤心的阿花痛苦的阿花

不想出嫁

一切富贵东流没啦

容颜暂老谁要她

牛顿的苹果去了哪里

牛顿得到了一个苹果
地球村都知道这件事情
后来苹果去了哪里
成了哥德巴赫的疑问

有的说看见他自己吃了
有的说已送给他的母亲
有的说他卖了去凑稿费
有的说他种在伦敦的果林

我打开了所有的网页
查不到我要问的事情
于是我拎起了背包
到世界各地去求证

乘船在海洋上漂泊
见到打渔的达尔文
他说他不研究水果
建议我找爱因斯坦打听

据说科学家都去了南极
一个重大问题正在讨论
地球的最高领导在听汇报
任何闲人不得接近

我只好又回到陆地
到图书馆寻找过去的事情
见到两位大胡子的文人
在仔细分析面包的成因

一位慈祥的老人走过来
微笑着请我和他靠近
你不要四处寻找啦
我会告诉你牛顿苹果的事情

苹果是上天赐给他的
当然还是要奉献给自己的主人
牛顿流出感激的泪水
这件事我已写在我的书里

云朵的感想

一个晴朗的天空

总会看到几片云朵

在悠闲地飘浮着

动物们觉得很美

它们很羡慕

但等到云朵变成雨

散成一滴一滴的小雨滴滋润万物

大地有了美景和丰收

却有人在埋怨云朵

不能理解它们的工作

一片勤劳而美丽的云朵

没有工作的云朵何其寂寞

云朵有时打搅了一些人的生活

却换来了更多人的欢乐

世界在一点一滴地变化着

谅解吧，在和谐的大自然

理解不和谐的声音的出没

致敬我们默默劳动的云朵

努力做好自己

任万物去评说

热爱生活

我不去想是否能够成功

既然选择了远方

便只顾风雨兼程

我不去想能否赢得爱情

既然钟情于玫瑰

就勇敢地吐露真诚

我不去想未来是平坦还是泥泞

既然目标是地平线

留给世界的只能是背影

只要热爱生活

一切，都在我的意料之中

人生从秋开始

时断时续的雨
清爽凉意
肥美的果子挂满树枝
农作物散发出成熟气息
秋的好，在于
这是收获的季节
老家农村的亲人们说
今年收成不错
粮食都堆满仓里
梨苹果被卖到超市
对我来说也是这样
在这个季节
我的学业又升了一级
这种收获的喜悦
是金钱难以衡量的
老话说一年之计在于春
我说
真正的人生应该从秋开始
有了收获才算得上真正的人生
我们一年一年地努力学习
就是为了一个一个丰收的秋季